BoD

Über den Autor: Lothar Schenk wurde 1954 in Borken, im Münsterland, geboren. Er ist Sozialwissenschaftler und arbeitete leitend im sozialen Bereich und langjährig als Dozent in der politischen Erwachsenenbildung. Heute lebt der Autor in Südthüringen.

Lothar Schenk

Das Flüstern der Olivenbäume

Korfu Krimi

Books on Demand

Prolog

Es ist Dienstag. Eigentlich ein Dienstag wie jeder andere. Ohne besondere Vorkommnisse. Der Unterschied zu einem Dienstag in Essen, und da kommt Emil her, ist der, dass er auf einen leeren Marktplatz, so um die Mittagszeit, in einem kleinen Dorf im Inneren der Insel Korfu blickt. Agios Ioannis heißt der kleine Ort. Emil sitzt vor Costas Taverna und trinkt einen griechischen Kaffee. Die Sonne scheint, wie fast immer im Mai auf Korfu, und Emil hat viel Zeit weil er Rentner ist und so lange bleiben kann wie er möchte. Er hat versprochen für die Zeitung in Essen, seinen früheren Arbeitgeber, einen Reisebericht über die Insel Korfu zu schreiben, aber was soll er da schreiben, wenn das die nächsten Tage so langweilig weitergeht wie um die Mittagszeit in diesem kleinen Dorf, aber mal abwarten, das wird bestimmt noch anders. Vor der Taverne sitzt außer ihm nur ein Gast, eine vom Gesicht her schon ältere Frau, blonde, vermutlich gefärbte, kurze Haare, Jeans und T-Shirt, sehr schlanke Figur, Outdoor-Schuhe, wahrscheinlich ein sehr sportlicher Typ, die viel wandert. Emil ist ja gerade erst angekommen, die Frau ist bestimmt schon länger im Ort, jedenfalls hat sie kein Zimmer in Annas Pension, in der Emil wohnt, das wäre ihm sonst aufgefallen. Die Frau liest ein Buch und trinkt ihren Kaffee. Gelegentlich schaut sie für einen kurzen Augenblick zu Emil herüber, sagt nichts, und liest gleich wieder weiter in ihrem Buch.

Der vermeintlich langweilige Mittag am Dorfplatz wird doch noch spannend, denn aus einem kleinen Weg, der in einen Olivenhain in dem auch große alte Kakteen stehen, führt, soviel hat Emil in der kurzen Zeit die er jetzt im Dorf ist schon erkundet, kommt ein Hund und hat eine Hand in der Schnauze, die er vor den Tischen vor Costas Taverna auf den Marktplatz legt. Die blonde Frau hat ruckartig aufgehört zu lesen und geht ganz vorsichtig zu der Hand und Emil folgt ihr.

„Das scheint eine abgetrennte Frauenhand zu sein, so zierlich wie die aussieht. Und noch keine Verwesungszeichen. Schön säuberlich abgetrennt. Wie von einem Profi, von einem Chirurgen oder einem Metzger, oder was meinen sie." Emil blickt im Wechsel die Frau und die Hand an, der Hund ist inzwischen weggelaufen, und nickt ihr zustimmend zu.

„Wir müssen die Polizei anrufen. Ich will mal sehen ob der Nikos oder die Anna da sind. Wahrscheinlich sind sie in ihrer Wohnung. In der Taverna ist um diese Zeit niemand mehr. Siesta. Die machen erst am späten Nachmittag wieder auf. Ich bin übrigens die Claudia. Und du?"

„Ich bin der Emil. Hast du ein Handy. Ich hab nämlich in den Urlaub keins mitgenommen."

„Ja habe ich. Ich weiß nur die Telefonnummer von der Polizeistation in Korfu Stadt nicht. Ich wähle einfach den Notruf, da wird sich schon jemand melden. Gott sei Dank spreche ich Griechisch, weil Englisch sprechen die hier auch nur sehr schlecht, und Deutsch so gut wie niemand, vielleicht mal paar Brocken, aber das wars dann auch schon."

Inzwischen sind auch Nikos und Anna aus dem Haus gekommen und auch Costa, der Namensgeber der Taverna, der schon über 90 ist, hat Anna Emil beim Bezug seines Zimmers erzählt, sie spricht ein wenig Deutsch. Die Polizei ist alarmiert und kommt so schnell sie kann, und keiner soll die Hand anfassen, haben die Beamten gesagt, aber das würde ja freiwillig sowieso niemand tun. Also stehen alle mit gebührendem Abstand, der Ekel, um die Hand und von Weitem hören sie auch schon die Sirene des Polizeiautos.

Die Polizisten ziehen sich Handschuhe an und geben die Hand in eine spezielle Tüte, und dann fragen sie die Umstehenden ob jemand den genauen Fundort kennt, aber den kennt natürlich niemand, weil ja der Hund die Hand gebracht hat, und Costa sagt dann als Fundort zu den Polizisten „Caktus Hilton", eine unter den Einheimischen immer noch geläufige Bezeichnung für den Olivenhain mit den Kakteen, weil dort vor Jahrzehnten immer die Hippies zelteten, als die noch regelmäßig im Sommer Agios Ioannis besucht haben. Die

Polizisten notieren den Olivenhain als Fundort, und dann sind sie mit der abgetrennten Hand auch schnell wieder verschwunden.

Am Nachmittag kommen die Polizisten zurück. Sie fahren mit zwei Autos auf den Dorfplatz und haben einen Spürhund und Experten für die Spurensuche mitgebracht, die mit einigen Koffern und dem Hund den kleinen Weg in den Olivenhain gehen. Emil und Claudia sind neugierig und folgen ihnen mit einigem Abstand. Der Hund hat schnell die Fundstelle der Hand gefunden, offenbar ein ausgebildeter Leichenspürhund. Ein Grasbüschel unter einem großen alten Olivenbaum. Hier hat also die Hand gelegen bevor sie der streunende Dorfhund gefunden hatte. Sie suchen die weitere Umgebung systematisch ab, aber der Spürhund schlägt nirgends mehr an, es gibt also keine weiteren Spuren, müssen sie nach rund zweistündiger Suche feststellen. Sie haben vom Fundort Bodenproben und das Grasbüschel, auf dem vermutlich die Hand lag, mitgenommen, und dann fahren sie wieder.

„Heute ist nix mit Siesta in Agios. Kuck mal die ganzen Griechen auf dem Dorfplatz, Emil. Die unterhalten sich alle nur über den Fund der Hand und dass hier dauernd streunende Hunde rumrennen. Die Griechen sind nicht besonders tierfreundlich, was streunende Tiere angeht. Manche gehen mit ihren Schrotflinten, so eine hat hier fast jeder im Haus, auch nachts auf die Jagd und erschießen die armen Tiere dann unbarmherzig. Wie bist du eigentlich auf Agios Ioannis gekommen. Ich bin ja schon früher oft hierher gereist, als im Sommer noch überall die Hippies im Ort waren und beim Costa jeden Abend kräftig gefeiert haben, am Meisten haben immer die Briten getrunken. Die haben auch jedes Jahr neue Singles für Costas alte Musikbox mitgebracht. In die konntest du ein 20 Drachmen Stück reinschmeißen und dann beschallte ein Außenlautsprecher für einige Zeit den ganzen Marktplatz mit den neuesten englischen Hits. Das gibt's heute alles nicht mehr. Die Musikbox war auch irgendwann spurlos verschwunden. Die Hippies sind alt geworden, einige sitzen mit ihren Familien ja auch heute noch jeden Abend hier rum, wirst du schon noch sehen, aber von Hippies haben die heute keine Spur mehr, alle kurzhaarig und gesittet, total angepasste Leute sind das geworden, na ja, einige trinken vielleicht noch ein bisschen viel, das ist aber auch schon alles was von den ehemaligen Hippies übriggeblieben ist, also im „Cactus Hilton" Zelten tut von denen schon seit vielen Jahren keiner mehr, und die Jüngeren die nachkommen werden auch Jahr für Jahr immer weniger."

„Mir haben alte Freunde in Essen Agios Ioannis empfohlen. Alte Biker die früher oft im Sommer hierher gefahren sind. Das macht aber heute auch keiner mehr von denen. Die waren schon seit Jahrzehnten nicht mehr hier. Ich war ja selbst vorher noch nie hier. Ich habe in der Gaststube gesehen dass da noch etliche alte Fotos an den Wänden hängen. Ich habe aber niemanden darauf erkannt. Du hast ja wahrscheinlich schon den alten Roller da vorne gesehen. 125-ger Vespa noch zum Antreten. Den habe ich nach dem Flug in Korfu Stadt gemietet. Ich bin ja auch mit dem Rucksack hier. Da passt alles schön rein was man braucht. Auch wenn man vielleicht mal eine längere Wanderung machen möchte oder eine Tour mit dem Roller ist der sehr praktisch."

„Da sind wir ja heute den ganzen Nachmittag nur in Agios gewesen. Ich bestell mir noch einen Kaffee. Möchtest du auch einen, Emil?"

„Ja, gerne."

„Nikos! Noch zwei Kaffee bitte."

„Kommt gleich(auf Griechisch)."

„Ich habe seit einer Woche ein Zimmer beim Vassili. Das ist der dem auch das große Hotel gehört. In dem Hotel steigen immer die holländischen Fahrradfahrer ab. Die buchen organisierte Radtouren auf Korfu. Mein Zimmer ist in dem flachen Haus am Ortseingang."

„Schön."

Da Claudia ja fließend Griechisch spricht sagt Nikos zu ihr auf Griechisch, als er die Kaffee auf den Tisch stellt, kleiner Scherz, dass es heute Abend gegrillte Hände geben würde, und Claudia übersetzt Emil das. Nikos nimmt die Sache mit der Hand locker. Eine kleine Abwechslung im Dorfalltag. Sonst nichts.

Inzwischen hat sich ein langhaariger älterer Mann zu Claudia und Emil an den Tisch gesetzt, schätzungsweise so Mitte 60, komplett grauhaarig.

„Hallo Claudia!"

„Hallo Uwe. Mittagsschlaf beendet?"

„Warum, sehe ich so aus als hätte ich die ganze Zeit einen Mittagsschlaf gemacht?"

„Nein, Uwe. War nur ein kleiner Scherz."

„Und du. Heute erst angekommen?"

„Ich bin der Emil. Ja, ich bin heute Vormittag erst angekommen."

„Warst du früher auch schon mal in Agios, Emil?"

„Nein, noch nie. Ist das erste Mal. Den Ort haben mir alte Freunde empfohlen."

„War hier heute Mittag irgendetwas los, Claudia, weil sich die Griechen so aufgeregt unterhalten?"

„Ja Uwe. Da hast du echt was verpasst. Ein streunender Hund hat eine abgeschnittene Hand, vom Aussehen vermutlich eine Frauenhand, direkt da vorne bei den Stühlen auf den Dorfplatz gelegt und ist dann abgehauen. Dann haben wir die Polizei gerufen und die war zwei Mal hier. Die haben erst die Hand mitgenommen und dann waren die nachmittags noch mal hier und haben mit einem Spürhund den ganzen „Cactus Hilton" abgesucht, aber außer die Fundstelle der Hand nichts weiter gefunden."

„Wahnsinn. Was es in Agios für Sachen gibt. Und ich war mal wieder nicht dabei. Da werden der

Costa, der Nikos, die Anna und die anderen Griechen aber blöd geschaut haben. Oder?"

„Das kannst du laut sagen. Der Nikos meinte eben schon zu mir heute Abend würde es gegrillte Hände geben."

„Der Nikos macht immer solche Scherze, Claudia. Das ist typisch Nikos."

„Bist du das eigentlich mit dem Roller da?"

„Bin ich.

„Könnten wir damit heute Abend etwas später vielleicht noch irgendwo hin fahren? Da passen wir doch bestimmt auch zu Dritt drauf. Zum Beispiel in die Disko oder in den Pub in Pelekas."

„Mal sehen ob ich nach dem Abendessen noch Lust habe."

„Ok. Ich frag dich dann später noch mal."

„Also ich fahre nicht mit, Uwe."

„Ok. Claudia."

Es ist schon Spätnachmittag und so langsam nehmen immer mehr Briten, Kurzhaarige, keine alten Hippies, und wenn sieht man ihnen das heute nicht mehr an, mit Familien an den umliegenden Tischen Platz. Sie bestellen bei Nikos und Anna Getränke und bereiten sich offenbar so langsam auf das Abendessen vor. Nikos erzählt ihnen in seinem schlechten Englisch was es abends zu Essen gibt. Von abgeschnittenen Händen sagt er diesmal nichts mehr. Auch Einheimische kommen jetzt immer mehr und setzen sich an freie Tische.

Der Abend verläuft eher ruhig. Emil und Claudia essen ein Mousakas und einen griechischen Salat. Dazu gibt es erstaunlicherweise auch Pommes. Uwe hat sich mit seinem Bier zu einigen Briten an den Tisch gesetzt, die alle einen riesigen Fleischspieß bestellt haben, und Uwe bestellt für sich auch einen. Dazu gibt es jeweils eine große Portion Pommes. Uwe trinkt mit den Briten nach dem Essen noch kräftig Bier und Claudia und Emil trinken nach dem Essen noch einige griechische Kaffee, unterhalten sich über frühere Zeiten und über Korfu, und dann verabschieden sich beide noch vor 23 Uhr auf ihr Zimmer: Nachtruhe.

1

Und jetzt pass auf. Der Emil ist ja Frühaufsteher. So. Also sitzt er schon um 8 Uhr vor Costas Taverna und frühstückt. Das nicht sehr reichliche Frühstück mit griechischem Kaffee ist im Pensionszimmerpreis inbegriffen. Die Claudia sitzt auch schon da, hat scheinbar schon gefrühstückt und liest wieder in einem Buch. Der Uwe scheint noch zu schlafen. Sonst sind noch keine Gäste vor Costas Taverna. Und was ist wichtig? Der Emil hat ja für die Zeitung in Essen früher schon, als er noch kein Rentner war, in etlichen mysteriösen Kriminalfällen mitrecherchiert und fast immer sehr erfolgreich mit zu deren Aufklärung beigetragen, quasi Sherlock durch und durch, der Emil. Und genau so eine mysteriöse Sache ist das mit der abgeschnittenen Hand, quasi wem gehört die, Mann oder Frau, und wo ist der Eigentümer der Hand, ist er tot oder lebendig, wenn Leiche, ist sie auf Korfu, vielleicht in Einzelteilen über die ganze Insel verstreut, und und und. Und solche Fragen kann sich nur der Emil beim Frühstück stellen, bei strahlend blauem Himmel, quasi unter der südlichen Korfu Sonne, und schön warm ist es auch schon morgens um 8. Und dann hat der Emil den Gedankenblitz, und solche hat er viele wenn es schön warm ist und der Tag lang ist, dass er mit dem alten Roller nach Korfu Stadt fährt, und da erstmal die Polizeistation sucht, und wenn er die gefunden hat, will er reingehen und sich erkundigen, ohne dass er für die Polizisten zu auffällig neugierig wirkt und sich dadurch vielleicht sogar noch verdächtig macht, ob es im Fall der abgeschnittenen Hand schon Neuigkeiten gibt. Und dann will sich der Emil auch gleich noch persönlich vorstellen, quasi dass er der erfolgreiche Sherlock für die Zeitung in Essen ist, und dass er auf Korfu längere Zeit Urlaub macht und einen Reisebericht schreibt, und seine Mithilfe anbieten. So. Das stellt sich der Emil natürlich so einfach vor, aber so einfach ist das hier in Griechenland nämlich nicht, nicht wie bei den unheimlichen mysteriösen Fällen in Italien, wo ihn früher jeder Commissario gleich zum Privat Sherlock ernannt hat, quasi fast schon Kollege. Die Griechen sind da bestimmt nicht so aufgeschlossen. Die wollen lieber alles selber machen. Aber mal sehen.

Der Emil nimmt den leeren Rucksack mit, falls er noch was Einkaufen möchte, und dann tritt er den Roller an und knattert los. Das ist ja schon etwas Besonderes, das Vespa Rollerfahren, besonders auf einer so schönen Insel wie Korfu. Er fährt von Agios die kleine Straße den Hang hinunter bis er unten auf die Hauptstraße kommt, und dann fährt er links ab Richtung Korfu Stadt. Aber er kommt nicht weit, weil schon der nächste Wahnsinn auf ihn wartet. Nach geschätzt drei vier gefahrenen Kilometern, der Emil hatte gerade so richtig schön beschleunigt und den milden Fahrtwind genossen, da liegt da im Straßengraben ein großer zugeklebter blauer Plastiksack, der Emil macht fast eine Vollbremsung, weil er, wie immer, neugierig ist und nachschauen will, und dann stellt er den Roller am Straßenrand ab, geht im trockenen Graben, es gibt ja auch feuchte und moderige Gräben, in denen vielleicht noch ein Bach oder ein kleines Rinnsal fließt, aber dieser Graben ist knochentrocken, er geht also im trockenen Graben zu dem großen Plastiksack. Der Emil bleibt vor dem Sack einen Moment stehen. Oberhalb von ihm ist neben der Straße der große Olivenhain mit den schönen alten Olivenbäumen. Er steht im knochentrockenen Graben, an der Böschung blühen verschiedene Blumen und es duftet nach Süden. Eigentlich ein herrlicher Ort, denkt der Emil. Ab und zu fährt ein kleiner Laster vorbei oder ein Auto, Motorräder sind keine unterwegs, und es hält niemand an. Emil blickt gedankenversunken nach oben. Es ist das Licht denkt er. Dieses besondere Licht und später noch die langgezogenen Schatten am Spätnachmittag verzaubern diese Insel. Und was wird wohl in dieser großen Mülltüte sein, fragt sich der neugierige Emil. Wahrscheinlich Hausmüll oder ein paar alte Kleidungsstücke. Die Griechen schmeißen ja alles in die Natur, anstatt auf die Müllabfuhr zu warten, vielleicht streikt die ja gerade mal wieder. Der Emil beugt sich leicht nach vorne und geht etwas in die Knie. Dann nimmt er langsam sein kleines Taschenmesser aus der Hosentasche, und schneidet den Sack zuerst nur ein ganz kleines Stückchen auf. Doch so kann er nichts erkennen. Also brachial. Er nimmt das kleine Taschenmesser und schneidet damit den Sack von oben bis unten auf, quasi mal sehen was drin ist, sagt sich der Sherlock. Und das kannst du mir glauben. Da ist eine Riesenportion drin für den Sherlock, quasi viel viel mehr als ihm lieb sein kann. Und jetzt was ist drin? Der Emil macht ja dann noch mit einem Stock, der in der Nähe rumliegt, den Sack etwas weiter auf, quasi damit er auch wirklich alles sehen kann. Und was sieht er? Er sieht einen noch relativ frischen Frauentorso, also Frau ohne Kopf, ohne Hände, und ohne Füße. So. Gott sei Dank war das Frühstück nicht so reichlich, sonst hätte Emils Magen in diesem Moment bestimmt kräftig Aufzug gespielt. Der Geruch der Leiche ist jedenfalls keine Freude, und der Emil hat sein Taschenmesser auch gleich im Böschungssand wieder ordentlich sauber gerieben.

Jetzt was muss er machen? Der Emil verschließt zuerst mit dem Stock den Plastiksack wieder etwas. Handy hat er ja keins, also muss er den Roller bei der Leiche stehenlassen und durch den Olivenhain einen Hang hochlaufen, bis zum nächsten Haus, das hat er von unten gesehen, und hoffen dass auch jemand da ist, und hoffen dass derjenige oder diejenigen ihn nicht für einen Gangster halten der klauen will und und und, und als er oben ankommt ist auch jemand da, Urlauber aus München, ihr Auto steht vorm Haus, die das Ferienhaus gemietet haben und den Emil freundlich begrüßen, und der ist noch ganz außer Atem vom Hanghochsteigen. Zu dem Haus führt natürlich auch ein Weg, aber das konnte der Emil ja von unten, von der Hauptstraße aus, vor der Kurve, nicht erkennen.

„Entschuldigen sie die Störung, aber da unten im Straßengraben liegt eine Leiche, da wo der Motorroller steht, könnten sie die Polizei anrufen, ich hab nämlich kein Handy", sagt der Emil, und die Münchener sind gleich ganz aufgeregt und rufen mit ihrem Handy die Polizei. 112. Das ist die Notrufnummer für die Touristen. Die ist für alles, für den Rettungsdienst, für die Feuerwehr, und für die Polizei. Dann gehen sie alle gemeinsam auf dem Weg den Hang hinunter und dann zum Motorroller und zu der Leiche. Sie halten alle ordentlich Abstand. Der Geruch und und und, quasi der Ekel, und dann hören sie von Weitem auch schon die Sirenen der Polizeiautos, offensichtlich gleich mehrere, und kaum haben sie die Sirenen gehört, schon halten an der gegenüberliegenden Straßenseite drei Polizeiautos und ein Pickup der Polizei mit Ladefläche. Die Polizisten springen hektisch aus ihren Autos, nehmen von der Ladefläche des Pickup Absperrbaken, und sperren die Hauptstraße von und nach Korfu Stadt in beiden Richtungen großräumig ab. Ein Spurensicherungsteam geht zu der Leiche und beginnt mit seinen Untersuchungen. Sie haben auch wieder ihren Hund mitgebracht mit dem ein Beamter die nähere Umgebung absucht. Der Hund findet nichts weiter und wird wieder in eines der Polizeiautos gesetzt. Während die Spurensicherung die Leiche und den Boden der näheren Umgebung untersucht kommt ein Mann in Zivil auf die Umstehenden zu. „Kommissar Leon Mavridis. Sind sie Deutsche?" Und alle antworten: „Ja". „Ich leite die Untersuchungen. Sie werden sich wundern warum ich so gut Deutsch spreche. Ich bin in Herne, im Ruhrpott, aufgewachsen. Mein griechischer Vater war LKW Fahrer und meine griechische Mutter hat Griechisch und Deutsch am dortigen Gymnasium unterrichtet. Ich bin also bis zum Abitur zweisprachig aufgewachsen. Dann sind meine Eltern nach Griechenland zurückgegangen weil mein Vater Frührentner wurde und meine Mutter hatte hier am Gymnasium wieder eine Stelle als Lehrerin gefunden, inzwischen ist sie auch Rentnerin. Aber jetzt die Frage: Wer von Ihnen hat die Leiche entdeckt, und vor allem, wie kam er auf die Idee dass sich in dem Plastiksack eine Leiche befinden könnte?"

„Ich", sagt der Emil. Die Münchener stehen etwas abseits und beobachten wortlos das Geschehen.

„Ich heiße Emil Künzel, komme aus Essen, mache seit 2 Tagen in Agio Ioannis Urlaub, und war früher als Reporter für eine Zeitung in Essen tätig. Als Reporter habe ich bei vielen Kriminalfällen, auch mehrmals in Italien, erfolgreich mitrecherchiert und viel mit der jeweiligen Polizei zusammengearbeitet. Seit einem Jahr bin ich Rentner, schreibe aber im

Urlaub für meinen früheren Arbeitgeber, die Zeitung in Essen, einen Reisebericht über Korfu. Und jetzt zur Leiche im Plastiksack. Das war auf der einen Seite Intuition, quasi nach dem Fund der abgeschnittenen Hand in Agios Ioannis, und auf der anderen Seite reine Neugier, was sich wohl im Inneren dieses zugeklebten Plastiksacks verbergen könnte. Vielleicht eine dumpfe Vorahnung. Aber die Hoffnung das es nicht so ist. Nicht mehr und nicht weniger. Aber es war dann doch so. Es war eine Leiche drin, das konnte ich dann sehen, nachdem ich den Sack mit meinem Taschenmesser von oben bis unten aufgeschnitten hatte. Hier haben sie mein Taschenmesser für die Spurensicherung. Aber ich habe es im Sand ordentlich abgewischt. Den Stock da habe ich genommen, um den Sack weiter zu öffnen."

„Dann waren sie ja bei der Zeitung früher ein richtiger Privatdetektiv. Ein Schnüffler, wie man bei uns in Polizeikreisen abfällig sagt. Quasi so eine Art Sherlock Holmes. Respekt! Und kaum sind sie auf Korfu, schon geht es wieder los mit den abgeschnittenen Händen und den Leichen in Mülltüten. Das geht ja schon gut los. Finden sie nicht? Ich würde mich natürlich freuen wenn sie hier auf Korfu während ihres Urlaubs weiterhin Augen und Ohren offenhalten. Sie mit ihrer Erfahrung. Einen pensionierten guten Sherlock kann man immer brauchen. Hier haben sie meine Visitenkarte. Rufen sie mich an, wenn sie wieder etwas gefunden haben oder ihnen irgendetwas nicht geheuer vorkommt. Und die anderen Herrschaften. Irgendetwas gesehen oder gehört?"

Die Münchener sagen dem Kommissar dass sie in dem Ferienhaus am Hang Urlaub machen, aber die letzten Tage nichts auffälliges beobachtet haben und auch nichts davon mitbekommen haben, als die Leiche in den Straßengraben gelegt wurde.

„Also Beobachtungen der Nachbarn: Fehlanzeige. Und hier ist ja auch in der Nähe außer dem Ferienhaus nichts. Nur Olivenbäume. Und die verraten einem ja nichts. Na gut. Keine Schuss- und Stichverletzungen erkennbar. Kopf Hände und Füße sind abgetrennt. Den Rest soll die Gerichtsmedizin machen. Also können wir die Leiche im Plastiksack auf die Ladefläche vom Pickup legen, alle Absperrbaken einpacken und die Straße wieder freigeben und abrücken. Naja. Zwei Stunden. Ist ja ne gute Zeit. Inzwischen ist ja auch kilometerlanger Stau auf beiden Seiten."

„Jungs, wir können abrücken. Die Straße wieder freigeben und die Leiche auf die Ladefläche und schnell zur Gerichtsmedizin. Also los!"(alles auf Griechisch)

Und ob du es glaubst oder nicht, die Münchener laden den Emil noch auf eine kleine Brotzeit und ein Glas Rotwein in ihr Ferienhaus ein, und der Emil tritt den Roller an und knattert nach der Kurve den Weg hoch zum Ferienhaus, und da sitzen sie dann noch lange Zeit auf der Terrasse und leeren auf den

Schreck so einige Flaschen Rotwein. Sie haben auch Ziegenkäse, Brot, und einen geräucherten Schafsspeck, und so lässt es sich gut einige Zeit aushalten.

Der Emil bedankt sich für die Gastfreundschaft und fährt am späten Nachmittag, sehr vorsichtig wegen der vielen Rotweine, nach Agios Ioannis zurück.

In Agios Ioannis hat sich der Leichenfund wie ein Lauffeuer herumgesprochen. Es waren ja auch einige neugierige Griechen aus der näheren Umgebung in der Nähe der Fundstelle als die Polizei dort ihre Spurensuche durchgeführt hat und die Straße gesperrt war. Der Emil wird immer wieder gefragt was er gesehen hat und die Claudia übersetzt den Griechen was der Emil zu berichten weiß. Inzwischen hat sich auch Uwe zu Claudia und Emil an den Tisch gesetzt und auch die meisten Briten mit ihren Familien haben an den umliegenden Tischen Platz genommen und wollen vom Emil Informationen über den Leichenfund hören. Der Emil gibt allen bereitwillig Auskunft und ansonsten warten inzwischen alle auf das baldige Abendessen, trinken Bier, Kaffee, Limonade, und und und, und Anna erläutert den Wartenden die Speisekarte.

Nach dem Abendessen verabschiedet sich der Emil bald und geht auf sein Zimmer. Frühe Nachtruhe.

2

Halb Acht. Der Emil sitzt wieder als Zweiter beim Frühstück. Denn vor ihm saß schon die Claudia da. Sie blättert beim Essen wieder mit den Fingerspitzen in ihrem dicken Buch einzelne Seiten um, was so aussieht, als würde sie gerade ein wohlgestimmtes Instrument spielen, vielleicht eine Gitarre oder eine Harfe, dabei schaut sie aber nur ganz sporadisch ins Buch, sie schaut eher gedankenversunken auf den leeren Marktplatz, und dabei blättert sie.

„Was liest du da eigentlich Schönes, Claudia?"

Sie erschrickt ein wenig als der Emil sie anspricht. Offensichtlich ist sie in Gedanken gerade in diesen leeren griechischen Marktplatz vertieft. Und da kann man viel denken. Leere Marktplätze haben eine ganz eigene Aura.

„Das Buch heißt „Meditation in Griechenland" und ist von „Iris Zwenn". Eine Frau die hauptsächlich Bücher für Frauen schreibt. Aber keine klassische Emanze, falls du das jetzt gerade sagen wolltest. Sie ist eher eine Frauenfrau. Also eine die die Interessen von Frauen besonders sensibel betrachtet. Und außerdem schreibt sie sehr gut."

„Na gut, Emanze wollte ich jetzt gerade nicht sagen. Mich hat nur interessiert weshalb ich dich fast bei jeder Gelegenheit mit diesem Buch sehe."

„Ich wollte eigentlich während meines Korfu Urlaubes meditative Orte suchen und finden, ich mache zu Hause schon seit Jahren Yoga, und dann habe ich gehofft, hoffe ich noch, dort ein wenig meinen Kopf frei zu bekommen, von dem Buch erwarte ich mir eine kleine Unterstützung, obwohl das ja eher von Kreta und dem griechischen Festland handelt. Mein Mann ist kurz vor dem Urlaub ganz plötzlich gestorben. Er saß abends mit mir im Wohnzimmer, wir tranken beide noch ein Glas Rotwein, und plötzlich kippte er vornüber und fiel von der Couch. Ich habe dann sofort am Hals nach seinem Puls gefühlt aber er hatte keinen mehr. Ich hab dann schnell den Rettungsdienst angerufen und mit Wiederbelebungsmaßnahmen begonnen bis die kamen. Der Notarzt konnte dann allerdings nur noch den Tod feststellen. Ich war total unter Schock. Sie haben meinen Mann dann mitgenommen und in die Pathologie gebracht. Da haben sie ihn gleich am nächsten Tag dann obduziert. Hodenkrebs im Endstadium. Der ganze Körper war voller Metastasen. Scheinbar macht Hodenkrebs bis unmittelbar vorm Tod überhaupt keine Schmerzen oder irgendwelche auffälligen Beschwerden. Wir haben keine Kinder. Jetzt bin ich allein und muss damit irgendwie zurechtkommen. Wir haben uns trotz der langen Ehe immer noch sehr geliebt. Jetzt ist er weg. So ist das. Ich hatte mir von dem Buch und von Korfu viel erhofft. Aber bis jetzt. Ich weiß auch nicht. Ich bin ja jetzt schon anderthalb Wochen hier. Ich war ja früher schon einige Male hier. Auch mit meinem Mann. Ich hab hier in der Jugend meinen Mann kennen gelernt. Damals waren wir noch voller Ideale und irrer Phantasien. Und heute? Die Zeiten haben sich verdammt stark geändert. Kuck dir Agios heute an. Das hat mit früher nicht mehr viel zu tun. Ich bin eigentlich schon ein bisschen enttäuscht. Ich hatte gehofft hier wären noch mehr lebenslustige Menschen, das müssen gar keine Hippies sein, einfach lebenslustige Menschen mit denen man gute Gespräche führen und auch mal richtig feiern kann. Guck dir doch die Briten an. Mit denen brauchst du dich nicht mehr zu unterhalten. Die leben im Kopf noch in ihrer Zeit von früher und sind heute total angepasste Spießer. Sie machen mit ihren Familien halt noch Urlaub in Agios und trinken viel Bier, das ist aber auch schon alles. So. Und jetzt bist du mal dran Emil. Warum hast du lange Haare und einen langen Bart. Du bist doch auch schon weit über 60. Oder? Unser genaues Alter haben wir uns ja bisher noch nicht verraten. Also ich bin 62 und Frührentnerin. Ich war Lehrerin am Gymnasium. Griechisch und Geschichte. Und wie alt bist du Emil, also das du früher Reporter warst hast du ja beiläufig erwähnt?"

„67, Claudia. Ich bin schon ein ganz alter Mann. Lange Haare und Bart? Ich würde sagen überzeugter Althippie, irgendwo. Und ich bin ein neugieriger Mensch geblieben. Das war ich immer schon. Freiheit ist wichtig. Freiheit im Denken und im

Handeln. Und die Idee des Guten. Das Gute bedingt das Schöne. Das Gute bedingt auch Gerechtigkeit. Die ist auch ganz wichtig. Die fehlt ja heute immer mehr. Aber da kommt wieder das Handeln ins Spiel. Gut und gerecht Handeln. Das ist wichtig. Und die richtige Erkenntnis. Das Bewusstsein. Der alte Platon. Oder?"

„Da hast du Recht Emil. Das Schöne. Freiheit und und und. Das ist alles ganz wichtig. Das haben wir ja früher alles gehabt. Das war uns bloß nicht so bewusst. Aber wie kommt man da wieder hin? Das ist doch die Frage."

In diesem Moment läuft wieder der streunende Dorfhund auf den Marktplatz. Er hat einen Knochen im Maul. Offensichtlich kein menschlicher Knochen. Er bringt also keine abgeschnittenen Hände oder Füße. Das ist schon mal gut. Er legt sich etwas abseits an den Rand des Dorfplatzes und kaut genüsslich an seinem Knochen.

Wenig später fährt ein alter VW Bus mit Heidelberger Kennzeichen auf den Dorfplatz und parkt dann am Rand. Ihm entsteigen sechs bunt gekleidete junge Leute, 2 Frauen und 4 Männer, die schnurstracks Richtung Taverne laufen und innen lautstark von Nikos und Anna begrüßt werden, und der alte Costa kommt auch aus dem Haus und begrüßt die Neuankömmlinge freudig. Scheinbar war die Gruppe schon öfter in Agios und muss hier einen guten Eindruck, der Begrüßung nach zu urteilen, hinterlassen haben. Vom Äußeren her junge Hippies.

Nach der Begrüßung gehen alle zum Auto und vier gehen mit Zelten und Rucksäcken den kleinen Weg Richtung Caktus Hilton. Ein junger Mann holt eine Trompete aus dem Auto und eine junge Frau eine Gitarre, und dann spielen sie auf dem Marktplatz einen schönen Begrüßungsblues. Der Uwe hat sich inzwischen auch zu Emil und Claudia gesetzt. Frühstück. Er hat auch ein Zimmer, so wie Emil, in Annas Pension.

„Na da schaust du aber Uwe. Die Hippies sind da und Zelten im Caktus Hilton. Und zum Frühstück spielen sie uns einen fetten Blues."

„Genau so muss es sein, Claudia, wie in alten Zeiten. Die werden heute Abend bestimmt auch noch ein bisschen Musik machen. Da freue ich mich schon drauf. Da schmeckt das Bier dann gleich dreimal so gut."

„Emil hast du Lust das wir mit dem Roller gleich noch ein bisschen an den Strand fahren. Es gibt einen schönen Nackt Badestrand im Westen der Insel. Da sind wir früher schon gerne zum Baden und sonnen hingegangen. Als wir alle noch Hippies waren. Mirtiotissa Beach heißt der Strand. Es gibt inzwischen einen kleinen Weg der von der Straße zum Strand führt. Ist inzwischen sogar ausgeschildert. Das war es früher nicht. Da musste man durch Olivenhaine und über Stock und Stein Richtung Strand laufen. Das hat nur jemand gefunden der sich auch auskannte. Besonders wann es von der Straße abgeht. Aber die Leute aus Agios sind ja früher alle dahin zum Baden gegangen. Die haben einem den Weg dorthin auch sehr genau beschrieben. Ungefähr sechs Kilometer sind das zu Fuß von Agios bis dorthin. Inzwischen gibt es ja sogar einen Bus der unten an der Hauptstraße und später dann an der Abzweigung zum Strand hält. Aber mit dem Motorroller ist das natürlich viel schöner. Da kann man den Fahrtwind genießen. Und den Duft der Insel. Du kannst mit dem Motorroller auf dem Weg inzwischen bis unten an den Strand fahren. Das ist gar kein Problem mehr."

„Ok, Claudia. Das machen wir. Holen wir unsere Badesachen aus dem Zimmer und dann können wir los."

Uwe schaut so als würde er auch gerne mitfahren. Aber zu Dritt auf dem Roller ist tagsüber ein bisschen schlecht, denkt sich der Emil. Man muss ja auch auf Korfu immer damit rechnen dass mal die Polizei auf der Straße fährt. Und dann würde es bestimmt teuer.

Der Emil tritt den Roller an und die Claudia sitzt schon hinter ihm auf der Sitzbank. Sie nehmen beide ihre Rucksäcke mit für die Badesachen. Sie fahren die kleine Dorfstraße von Agios bis unten zur Hauptstraße und dann biegen sie rechts ab. Der warme Fahrtwind, es sind etwa 25 Grad, lässt schnell Urlaubsgefühle aufkommen. Und dazu kommt noch der südliche Duft während der Fahrt.

Sie fahren vorbei an Olivenhainen und bunten Häusern. Auf einem Hügel sehen sie eine kleine Siedlung und die Kronen von großen alten Palmen. Mit dem Roller ist es gar nicht weit bis zum Feldweg Richtung Mirtiotissa Strand. Der Weg ist an der Straße ausgeschildert. Der Weg ist sehr holperig und unbefestigt. Man muss immer schön in der Mitte fahren um nicht seitlich mit dem Roller abzurutschen und zu stürzen. Claudia umklammert fest den Emil und nach einem steilen Abstieg sind sie unten am Strand angekommen.

„Wenn du den Weg früher gesehen hättest, Emil. Das hätten wir mit dem Roller nie geschafft. Aber einige sind den Weg früher sogar mit ihren Motorrädern bis unten gefahren. Runter kamen sie ja noch. Aber dann den steilen Hang wieder hochfahren. Das war das Problem. Das ist ja heute gar kein Vergleich mehr mit früher.‟

Sie stellen den Motorroller irgendwo seitlich des Weges ab und suchen sich ein schönes Plätzchen am Strand.

„Da vorne bei dem Felsen liegt noch niemand. Da können wir uns ausbreiten, Emil.‟

Die Claudia steuert schnurstracks auf den Felsen zu, holt ihr großes Badetuch aus ihrem Rucksack und breitet es aus, und ehe der Emil sich versieht ist die Claudia auch schon nackt, Mirtiotissa ist ja der Nacktbadestrand von Korfu, und läuft langsam ins Wasser. Eine hübsche Frau, denkt der Emil, legt sein Handtuch neben Claudias Badetuch und zieht sich auch aus. Claudia ist schon weiter draußen und schwimmt. Der Emil geht ganz langsam ins Wasser. Das Ionische Meer ist im Mai noch relativ frisch, so um die 19 Grad, aber dafür ist ja die Außentemperatur sehr angenehm, da kann man sich nach dem Baden schön wieder aufwärmen.

Am Strand sind nicht allzu viele Leute. Etwas weiter vom Felsen entfernt spielt ein nackter Mann mit seinem großen Hund, ein struppiger Mischling. Er wirft immer eine Frisbee Scheibe und der Hund fängt sie und bringt sie seinem Herrchen wieder zurück. Irgendwann hört der Mann auf mit dem Hund zu spielen und geht ins Wasser. Der Hund läuft dann am Strand umher und schnüffelt überall dort wo für ihn interessante Gerüche zu finden sind.

Während der Mann noch schwimmt, der Emil und die Claudia haben sich inzwischen auf ihre Handtücher in die Sonne gelegt, läuft der Hund Richtung Weg und gräbt neben dem Weg ganz aufgeregt ein Loch. Hunde graben eigentlich selten ohne Grund Löcher. Entweder wollen sie etwas für sie Leckeres darin verstecken oder unter der Erdoberfläche ist etwas für sie Interessantes, vielleicht ein Tier das in der Erde lebt, oder jemand hat etwas vergraben, dass sie ausgraben wollen. Und ob du es glaubst oder nicht, genau so ist es. Jemand hat etwas vergraben. Eine große Plastiktüte gräbt der Hund aus. Und nachdem der Hund die Plastiktüte mit der Schnauze aus dem Loch gezogen hat hängt ein Büschel Haare aus der Plastiktüte. Der Hund bleibt bei der Plastiktüte stehen und bellt. Und da kommt auch sein Herrchen aus dem Wasser und auch andere Badegäste haben bemerkt dass der Hund etwas ausgegraben hat und sind neugierig und gehen hin. Der Emil und die Claudia gehen auch zu der Plastiktüte und der Emil ahnt schon nichts Gutes. Und dann packt einer der Badegäste die Plastiktüte und entleert den Inhalt auf den Strand, einen abgeschnittenen Kopf mit längeren Haaren, und noch nicht verwest, er sieht vom Gesicht her aus wie ein Frauenkopf. Und damit ist der schöne Strandbesuch auch erstmal versaut. Die Claudia nimmt dann ihr Handy und ruft die Polizei in Korfu Stadt an, aber die sagen ihr dass schon jemand vor ihr angerufen hat, vermutlich einer von den anderen Strandbesuchern, und dass sie schon unterwegs seien. So. Der Hund will immer noch an dem Kopf schnüffeln aber sein Besitzer zieht ihn weg und auch alle anderen Strandbesucher halten inzwischen gebührenden Abstand von dem ekeligen Fund. Nach zirka zwanzig Minuten kommt die Polizei mit einem Jeep den Weg heruntergefahren bis auf den Strand. Und dann befragen sie die Strandbesucher, etliche sind keine Griechen, auf Griechisch, wer den Fund gemacht hat und wie, und die Claudia übersetzt, sie untersuchen dann noch die nähere Umgebung des Lochs und das Loch selbst, und dann ziehen sie sich Handschuhe an und geben den Kopf mit der Plastiktüte in eine große Spezialplastiktüte, die sie mitgebracht haben, verschließen die Tüte, legen sie in den Jeep und fahren wieder. Der Kommissar ist nicht unter den Polizisten, sonst hätte der Emil ihn bestimmt gefragt, ob er schon Neuigkeiten weiß von der abgeschnittenen Hand aus Agios und von der Frauenleiche im Plastiksack.

Die Stimmung am Strand ist nach diesem Fund sichtlich getrübt. Etliche ziehen sich an und verlassen den Strand.

Auch Emil und Claudia ist der Spaß vergangen. Sie ziehen sich an, packen zusammen, und dann knattern sie mit dem Roller zurück nach Agios.

Es ist früher Nachmittag als sie wieder in Agios sind. Anna ist noch in der Küche. Es ist also noch nicht vollständig Siesta.

„Mit dir erlebt man ja Sachen, Emil. Das ist ja der Wahnsinn. Willst du auch noch einen griechischen Kaffee?"

„Ja, Claudia."

„Zwei griechische Kaffee bitte, Anna."(auf Griechisch)

„Ja gerne, die Küche ist ja noch geöffnet. Bringe ich euch. Ich hätte auch noch Moussakas. Wollt ihr welches. Vielleicht mit einem kleinen griechischen Salat?"(auf Griechisch)

„Du Emil. Möchtest du auch was essen?"

„Ja gerne Claudia."

„Ok Anna. Dann bring uns mal noch zwei Portionen Moussakas mit Salat. Aber den Salat bitte mit viel Schafskäse."

„In Ordnung, Claudia. Mache ich."(auf Griechisch)

Nachdem sie den Kaffee getrunken und gegessen haben bezahlt der Emil für beide, steht auf, und geht zu seinem Zimmer. Die Claudia folgt ihm wortlos.

Es ist schon fortgeschrittener Abend als der Emil und die Claudia wieder vor Costas Taverna erscheinen. Aber es gibt noch was zu Essen. Die jungen Hippies und die Briten sitzen da und trinken Bier und die Claudia und der Emil bestellen sich einen Lammbraten mit Bohnen.

Der Emil sitzt während des Essens neben einem jungen Mann, einer von den jungen Hippies. Er hat lange blonde Haare und eine ganz zarte weiße Haut. Sein Gesicht wirkt fast noch kindlich. Er ist barfuß und hat kleine zierliche Füße. Auch seine Hände sind zart und zierlich, fast Frauenhände. Er trägt eine kurze Hose und ein bauchfreies T-Shirt. Er lächelt freundlich, sagt aber nichts. Irgendwann holt er aus dem Auto eine Gitarre. Er spielt verschiedene Hits aus den frühen 70-ger Jahren, Neil Young usw., und singt dazu. Bei so guter Unterhaltung schmeckt das Essen gleich doppelt so gut. Einige der anderen jungen Hippies, sie sitzen alle in seiner Nähe am Tisch und haben schon gegessen, singen mit.

Emil und Claudia kommen mit den jungen Leuten schnell ins Gespräch. Der junge Mann mit der Gitarre erklärt Emil dass er in Heidelberg Psychologie studiert. Er brauche während des Semesters eine Auszeit und deshalb ist er nach

Korfu mitgefahren. Er heißt Sebastian, sagt er, und ist nebenbei Gitarrist in einer Band. Von den Anderen 5 spielen drei in der gleichen Band. Eine Frau und zwei Männer. Die Frau ist Bassistin, einer spielt Schlagzeug und einer spielt die zweite E-Gitarre und singt, so wie er. Beim Wort Singen lächelt er leicht, kein verlegenes Lächeln, eher ein Spaßlächeln, so als würde er jemandem etwas ganz Lustiges verraten. Die Frauen melden sich auch recht bald zu Wort und sagen dass sie Sabine und Beatrix heißen. Sabine ist die Bassistin mit der traumhaften Figur, dem zugewandten Lächeln, sie hat ein äußerst hübsches Gesicht und schulterlange blonde Haare, und Beatrix blickt etwas ernster drein, sie ist etwas kleiner als Sabine, beide sind barfuß, und auch eine anmutige Schönheit mit kurzen knallroten Haaren. Sabine studiert Medizin, sagt sie, und Beatrix studiert Zahnmedizin, sagt sie, sie hat auch gleich einen prüfenden Blick in Richtung Emils Gebiss geworfen, das hat der Emil sofort bemerkt, na ja, seine Zähne sind in dem Alter nicht mehr die allerbesten, das weiß er auch. Die drei anderen jungen Männer heißen Horst, Psychologiestudent, das ist der Schlagzeuger und Trompeter, groß mit schulterlangen dunkelblonden Haaren, und leidenschaftlicher Biertrinker, das sieht man, er trinkt mindestens schon die sechste Flasche Amstel, aber er lallt noch nicht, auch barfuß mit einem Totenkopf T-Shirt und einer langen bunten Hippiepluderhose, und einer heißt Alfred, ein scheinbar etwas schüchterner Typ, Uhrmacher und zur Zeit arbeitslos, er sagt nicht viel, auch groß mit kurzen roten Haaren, auch Monster T-Shirt und lange bunte Hippiepluderhose, nicht barfuß, sondern mit Turnschuhen, Alfred spielt kein Instrument und singt auch nicht weil er das nicht kann, sagt er. Dann bleibt noch Hans-Dieter, nicht sehr groß, schulterlange blonde Haare, 2. Gitarre in der Band, Sozialwissenschaftsstudent, ganz normales T-Shirt ganz ohne Monster, lange Jeans und Turnschuhe.

Uwe sitzt mit seinem Bier alleine an einem Tisch und raucht gedankenversunken. Die Briten haben ihn verlassen und sind nach dem Abendessen in ihre gemieteten Ferienhäuser gegangen. Vielleicht steigt da bei Irgendwem noch eine kleine Party am Pool.

Je später der Abend desto besoffener die Gäste, nein falsch, je später der Abend desto interessanter die Gäste, denn da kommt ein Gast auf vier Pfoten der sich den ganzen Tag noch nicht blicken lassen hat. Der struppige streunende Dorf Hund. Und was hat er in der Schnauze. Einmal darfst du raten. Und genau so ist es. Eine deutlich gewölbte Plastiktüte. Und die legt er mitten auf den Dorfplatz neben den eingefassten Baum und verschwindet in der Dämmerung Richtung Ortsausgang.

Und jetzt pass auf. Wer ist wohl der Neugierigste von Allen und schaut nach was in der Tüte ist. Ganz genau. Der schon deutlich angetrunkene Uwe wankt Richtung Tüte und schüttet den Inhalt auf den Dorfplatz. Und was ist drin in der ausgebeulten

Tüte? Ganz genau. Zwei abgeschnittene Füße und eine abgeschnittene Hand. Der Uwe schmeißt augenblicklich die Tüte so weit er kann von sich weg und wankt ein ganzes Stück rückwärts Richtung Costas Taverna. Dann bleibt er stehen und betrachtet kopfschüttelnd und wortlos den ekelerregenden Fund. Der Emil, die Claudia, die jungen Hippies und Nikos und Anna haben noch gar nicht richtig mitbekommen was sich auf dem Dorfplatz gerade abspielt, aber dann, als sie die Leichenteile bemerken sind sie angewidert und hoch elektrisiert. Anna rennt sofort ins Haus und ruft die Polizei, aber die braucht abends scheinbar etwas länger, denn es dauert fast eine dreiviertel Stunde, bis ein Polizeiauto mit lauter Sirene und Blaulicht auf den Marktplatz fährt, am Rand anhält, und drei Polizisten aussteigen.

Der Abend ist gelaufen. Die Polizisten ziehen sich Handschuhe an und geben die Leichenteile und die Tüte in der sie waren in eine große mitgebrachte Plastiktüte die sie oben zuknoten und in den Kofferraum legen. Dann befragen sie alle anwesenden Gäste, und Anna, Nikos und den alten Costa, der inzwischen auch aus dem Haus gekommen ist, wie der Leichenteilfund genau abgelaufen ist, und Claudia übersetzt, denn die Polizisten sprechen nur Griechisch. Nach zirka 2 Stunden ist der Spuk vorbei und die Polizisten rücken wieder ab. Alle Gäste, inzwischen haben sich auch wieder einige von den Briten dazugesellt, können sich weiter unterhalten, Bier trinken, und den südlichen Abend genießen, es ist jetzt auch schon dunkel und Nikos hat die bunte Außenbeleuchtung angeschaltet.

Claudia lächelt den Emil immer wieder ganz verträumt an, sagt aber nichts. Sie trinkt auch Bier und der Emil trinkt einheimischen Wein, und der schmeckt gar nicht so schlecht, muss der Emil feststellen, also Korfu ist ja nicht gerade eine berühmte Weininsel.

Irgendwann schon nach Mitternacht haben dann scheinbar alle genug getrunken und geredet, jedenfalls verabschieden sich fast alle gleichzeitig, nachdem sie bezahlt haben, in ihre Quartiere, und die Claudia geht in ihr Zimmer und der Emil geht in seins.

3

Emil hatte einen Alptraum. Er fährt mit seinem
Motorroller irgendwo im Süden Korfus nachts auf
einer kleinen geteerten Nebenstrecke durch einen
großen Olivenwald. Die riesigen Olivenbäume ragen
drohend in den schwarz-blauen Nachthimmel. Es ist
dunstig aber nicht nebelig. Aus unerfindlichen
Gründen hält er an einer kleinen Abzweigung an und
fährt auf dem unbefestigten Weg in den Olivenwald.
Plötzlich hört er lautes Rufen, „Hilfe, Hilfe!", aus
dem Olivenwald neben dem Weg. Er stellt seinen
Roller ab und geht dem Rufen nach. Er geht ganz
langsam, setzt vorsichtig einen Fuß vor den anderen.
Unter einem riesigen alten knorrigen Olivenbaum,
der Mond scheint und der Baum schimmert
grauschwarz im Mondlicht, liegt eine nackte Frau
und ruft auf Deutsch um Hilfe. Emil geht auf sie zu
und als er vor ihr steht sieht er dass die Frau keine
Augen mehr hat und ein total verwestes Gesicht.
Emil tritt entsetzt einige Schritte zurück und dann
springt die Frau auf und sagt „Emil, tanz mit mir",
und streckt ihre langen Arme nach ihm aus, dabei
fliegt ihm ein Schwall von ekeligen Würmern aus
ihrem Leichenmund entgegen. Emil springt in Panik
von der höllischen Frau weg und rennt zu seinem
Roller und die Frau verfolgt ihn. Er kann den Roller
antreten, bevor ihn die Frau erreicht, und dann

braust er auf dem Weg aus dem Olivenwald, und zurück auf das kleine asphaltierte Nebensträßchen. Der Mond hat sich hinter Wolken verdunkelt, Emil kann kaum die Straße erkennen weil der Roller so schlechtes Licht hat, und dann gibt er trotzdem ordentlich Gas und fährt vom Süden der Insel immer weiter, irgendwohin, Richtung Norden der Insel.

Beim Frühstück erzählt Emil Claudia von seinem Traum und die hat gerade ein Stück von ihrem Brot abgebissen. Nachdem sie es gekaut und heruntergeschluckt hat trinkt sie noch einen Schluck von ihrem Kaffee und dann antwortet sie ihm mit einem langgezogenen „Aaha". Dabei zeigt ihr Gesicht ein verschmitztes Lächeln, fast so, als wolle sie dem Emil eine leichte Störung attestieren.

Der Emil sitzt neben Claudia mit dem Rücken zur Taverne und blickt auf den morgenleeren Marktplatz. Einzige Bewegung auf dem Marktplatz ist der streunende Dorfhund der wieder aus dem kleinen Weg vom Caktus Hilton kommt und am Rand des Dorfplatzes schnell Richtung kleiner Straße rennt die aus dem Ort Richtung Hauptstraße führt. Diesmal hat er nichts mitgebracht.

Emil schlürft gedankenversunken seinen griechischen Morgenkaffee. Gegessen hat er schon. Seine Gedanken spielen in seinem Kopf Fangen und das südliche Morgenlicht erweitert Minute für Minute seinen verträumten Blick. Eigentlich wollte er hier einen Urlaub verbringen in dem er die Schönheiten der Insel findet, da muss er allerdings auch nicht lange suchen, denn die Insel ist fast überall, quasi an Sich, schön, und dann wollte er einen faszinierenden Reisebericht schreiben, einen, der die Leser zu einer Reise auf diese Insel lockt, doch dann sind da plötzlich nur noch Leichenteile und unvollständige Leichen, quasi jeden Tag ein neuer Horror.

Beim Emil ist beim letzten Schluck vom griechischen Kaffee wieder der Sherlock Instinkt erwacht, und der sagt ihm dass er heute Vormittag mit dem Roller nach Korfu Stadt fahren sollte um sich beim Kommissar Mavridis über den Stand der Ermittlungen zu erkundigen. Also Frühstücksende und Aufbruch nach Korfu Stadt. Die Claudia ist ganz verdutzt als der Emil plötzlich aufsteht und zu seinem Roller geht. Wahrscheinlich wollte sie mitfahren aber der Emil fragt sie nicht. Er tritt seinen Roller an und dann braust er los.

Auf der Hauptstraße nach Korfu Stadt wird der Verkehr immer dichter je mehr er sich der Stadt nähert, aber mit einem Roller kann man sich auch in engen Straßen fast überall gut durchschlängeln. Emil hat sich vor Reiseantritt einige Karten von der Insel besorgt, auch einen sehr genauen Stadtplan von Korfu Stadt. Er findet daher das Polizeigebäude auf Anhieb. Er stellt seinen Roller ab und als er dann das Polizeigebäude betritt steht im Flur im Gespräch mit zwei Polizisten der Kommissar Mavridis, und der hat den Emil gleich bemerkt und winkt ihn mit einer schnellen Handbewegung zu sich ins Büro.

„Hallo Herr Emil. Wie geht's? Ich hoffe sie haben sich schon ein bisschen auf unserer schönen Insel umschauen können und nicht nur Leichen gefunden. Möchten sie einen Kaffee?"

„Ja gerne, Herr Kommissar."

Der Kommissar bestellt bei einem Polizisten 2 Kaffee und der kommt damit nach wenigen Minuten zurück und stellt sie auf den Schreibtisch des Kommissar.

„Also. Wir haben die Leichenteile und die unvollständige Leiche bereits gründlich untersucht und sind zum Ergebnis gekommen dass es sich um mehrere Leichen handelt. Die in Agios Ioannis gefundene Hand gehört weder zu dem Torso noch zu dem Kopf noch zu den in Agios Ioannis gefundenen Füßen und der weiteren Hand. Der Kopf gehört allerdings zu dem Torso und die Füße und die weitere Hand ebenso. Fehlt dem Torso also noch eine weitere Hand zur Vollständigkeit. Und die erste gefundene Hand gehört vermutlich einer weiteren Leiche. Es sei denn es war ein Unfall. Quasi jemand hat sich aus Versehen die Hand abgeschnitten und es hätte, vielleicht zeitlich oder so, keinen Zweck mehr gehabt sie wieder anzunähen, und irgendjemand hat, mal angenommen, die Frauenhand dann in den Olivenhain geworfen. Aber warum sollte jemand die abgeschnittene Hand dann gerade nach Agios Ioannis in den Olivenhain bringen. Und in Agios Ioannis läuft ja auch niemand mit einer fehlenden Hand herum. Das wäre ja sofort aufgefallen. Das hätte sich in dem kleinen Ort ja sofort wie ein Lauffeuer herumgesprochen. Das ist alles sehr hypothetisch. Ich glaube eher das es mindestens noch eine Leiche gibt. Wenn nicht noch mehr. Und ich glaube dass über die ganze Insel verteilt, entweder vergraben oder irgendwo in der Macchia oder in irgendeinem Olivenwald, noch mehr Leichen oder Leichenteile liegen. Das wird die nächste Zeit zeigen. Fest steht jedenfalls, dass auf Korfu niemand vermisst wird, und damit wird die Sache richtig problematisch. Die Identität der Leiche und der einen Hand ist auch völlig unklar. Von der Art des Vorgehens her könnte es sich um die Maffia oder um einen Ritualmörder handeln. Eine Mörderin ist natürlich auch nicht ausgeschlossen, sowas ist aber eher unwahrscheinlich. Ich habe mich in Essen bei ihrem ehemaligen Arbeitgeber, der Zeitung, ein bisschen über sie erkundigt. Sie haben doch vor Jahren in Süditalien über eine schwarzmagische Frauensekte sehr erfolgreich recherchiert, wie hießen die noch, genau, „die singenden Kinder", ein interessanter Name, und dann haben sie doch noch, auch in Italien, über einen internationalen Geheimbund recherchiert, „die Glashandspieler" oder so ähnlich, quasi Börsenmaffia, und die sind durch ihre Recherchen alle aufgeflogen, ich meine die gibt es alle wahrscheinlich noch, aber die haben durch sie ordentlich Schwierigkeiten mit der Polizei und der Staatsanwaltschaft bekommen, und da ist dann ja auch vieles aufgedeckt worden. Also was ich meine ist, vielleicht könnten sie ihren Urlaub verstärkt dazu nutzen uns bei unseren Recherchen zu unterstützen. Sie wissen doch genau wo man ansetzen muss und wie sowas am Besten geht. Es kann gut sein das der oder die Mörder gar nicht von Korfu sind. Das sie irgendwo in Griechenland oder Albanien oder Italien und so weiter auf dem Festland leben und nur die Leichen zerstückelt still und heimlich nach Korfu gebracht haben. Das ist alles möglich. Man darf in diesem Fall nichts ausschließen. Soweit mein Stand der Ermittlungen. Wäre schön wenn sie uns helfen."

„Danke Herr Kommissar für die Informationen und für den Kaffee. Ich werde die Insel in den nächsten Tagen noch gründlich erkunden. Vielleicht kann ich ja bald noch mehr zu ihren Ermittlungen beitragen."

„Das wäre schön. Auf Wiedersehen Herr Emil!"

„Auf Wiedersehen Herr Kommissar!"

Emil verlässt das Polizeigebäude und fährt zum Hafen. Häfen haben ihn schon immer fasziniert. Der Hafen von Korfu ist zwar klein aber auch da gibt es heruntergekommene Absteigen und typische Hafenkneipen und Kaffees. Emil stellt den Roller vor einem Kaffee in der Nähe der Fähren zum Festland ab. Er setzt sich etwas abseits vor das Kaffee, so, dass er von anderen relativ unbemerkt, das umliegende Geschehen gut beobachten kann. Ein älterer Herr in schwarzer Hose, schwarzen abgelatschten Schuhen und weißem, na ja, eher grauweißem Hemd, kommt und fragt Emil auf Englisch, er hat natürlich den untrüglichen Spürsinn dafür dass Emil kein Grieche von der Insel sondern ein Tourist ist, ob er etwas trinken möchte, und Emil bestellt ein Bier. Der Ober oder vielleicht auch der Besitzer bringt ihm ein kühles Amstel.

Während Emil gedankenversunken das Geschehen bei den Fähren beobachtet und ihm viele schöne Bilder von seinen Reisen vor seinen inneren Augen vorbeiziehen, trinkt er schluckweise von seinem Bier und hätte um ein Haar gar nicht bemerkt wie sich ein alter Mann mit einem Gehstock langsam seinem Tisch, der Emil sitz alleine, nähert. Erst als der Mann auf Englisch fragt ob er sich dazu setzen dürfe wacht Emil aus seinen Tagträumen auf und sagt „Ja gerne". Der alte Mann ist blind, das erkennt Emil sofort. Mit Sicherheit ein Grieche, weil er beim Ober akzentfrei einen Kaffee bestellt.

„Deutsch? Englisch?", fragt ihn der alte Mann.

„Deutsch", antwortet ihm Emil.

Dann beginnt dem Emil in gebrochenem Deutsch, aber man kann es ganz gut verstehen was er meint, der alte Mann eine Geschichte zu erzählen, und der Emil wird mit jedem Satz immer hellhöriger.

„Machen Urlaub Korfu. Drei vier Woche oder mehr. Seien große Detektiv von Zeitung in Deutschland. Finden immer mehr Leiche auf Korfu. Alle Fraueleiche in kleine Teile. Zweie große. Hatte einer böse Traume. Aber Traume wird wahr. Fahre Kavos. Iste in Süde von Insel. Und in Gebirgsdorfe auf die Korfu. Da finde Leute die viele wisse. Aber fahre au nach die Volos. Da noch mehre. Da finde alle Antworte."

In diesem Moment kommt der Ober und bedeutet Emil das der Mann nicht bedient wird. Er hat auch seinen Kaffee nicht mitgebracht und will dass der alte Mann geht. Nachdem er gegangen ist, der alte Mann hat sich von Emil noch gestenreich verabschiedet, versucht er Emil auf Englisch klarzumachen das der alte Mann verrückt und im Kaffee unerwünscht sei.

So verrückt klang der alte Mann gar nicht, denkt der Emil. Er hat sein Bier leergetrunken und bezahlt dann. Er gibt dem Ober, inzwischen weiß er dass er nur der Ober ist, denn der Impresario steht breitschultrig im Eingang des Kaffees und arbeitet nicht, ein kleines Trinkgeld und verabschiedet sich. Er lässt den Roller stehen und geht in die Stadt. Er möchte sich dort noch einiges anschauen. Als er nach dreieinhalb Stunden zurückkommt, er hat in der Stadt in einem Restaurant auch noch etwas gegessen, steht der Roller noch immer an der gleichen Stelle. Gott sei Dank, denkt Emil, aber er hat ja auch ein griechisches Nummernschild, da halten potenzielle Diebe doch eher Abstand weil sie denken er könnte vielleicht jemandem aus dem Cafe gehören, und die sehen dann sofort wie er geklaut wird. Der Emil tritt seinen Roller an und in diesem Moment legt auch gerade eine Fähre an und öffnet ihre Ladeklappe, und dann kommen aus ihrem

Bauch die Autos und die Lastwagen herausgefahren und viele Passagiere gehen zu Fuß an Land. Typische Hafenstimmung. Das gefällt dem Emil, und er dreht mit seinem Roller noch eine Ehrenrunde durch den Hafen bevor er dann auf der Küstenstraße fährt, vorbei an Gouvia, bis links ab von der Küstenstraße eine kleine Nebenstrecke ins Inland führt, und irgendwann kommt dann eine Abzweigung auf die Hauptstraße, die er dann weiter fährt Richtung Korfu Stadt, bis die Abzweigung, links ab, nach Agios Ioannis erreicht ist, und dann stellt der Emil gegen 16 Uhr seinen Roller in Agios wieder am Rand des Marktplatzes ab.

Vor Costas Taverna ist gähnende Leere. Niemand da. Auch Anna und Nikos machen offenbar immer noch Siesta. Emil geht aufs Zimmer und packt seine Badesachen in den Rucksack. Dann geht er zum Roller und fährt zum Baden an den Strand von Ermones. Ein touristisch zwar sehr stark frequentierter Strand, aber das Wasser ist in dieser Bucht azurblau, und man kann mit dem Roller auf einer aspaltierten Straße durch Ermones bis unmittelbar an den Strand fahren, man muss also nicht erst einen sehr unwegsamen Waldweg fahren wie zum Mirtiotissa Strand.

Emil legt sein Handtuch neben seinen Rucksack und dann geht er eine Runde Schwimmen und beobachtet dabei die vielen Fische die unter ihm vorbeihuschen. Nach dieser Erfrischung legt sich der Emil auf sein Handtuch in die späte

Nachmittagssonne und döst. Er geht noch viele Male ins Wasser und schwimmt. Gegen Abend setzt er sich dann mit seinem Rucksack vor eine Taverne am Strand, trinkt ein Bier und genießt eine Zeit lang den Sonnenuntergang. Dann bezahlt er und fährt gegen 21 Uhr zurück nach Agios, inzwischen hat sich auch ein spürbarer Hunger bei ihm gemeldet. Die Fahrt von Ermones nach Agios dauert nicht lange. Er stellt seinen Roller am Rande des Dorfplatzes ab, bringt den Rucksack mit seinen Badesachen ins Zimmer, und dann geht er heiterer Dinge in der Erwartung auf einen interessanten und amüsanten Abend Richtung Dorfplatz vor Costas Taverna. Alle sitzen schon da und die Meisten haben auch schon gegessen und sind in Unterhaltungen vertieft. Der Emil wird lautstark begrüßt und setzt sich zu Claudia, Uwe und den jungen Hippies an den langen Tisch. Die Briten trinken schon kräftig Bier und Uwe scheint auch schon mehrere getrunken zu haben, er hat schon ganz glasige Augen und Schwierigkeiten beim Sprechen. Claudia trinkt auch Bier und die jungen Hippies sowieso. Emil bestellt sich etwas zu Essen. Ein Pastizio hat ihm Anna empfohlen und das nimmt er mit einem griechischen Salat. „Den Salat mit viel Schafskäse", sagt er zu Anna. „In Ordnung", sagt sie auf Griechisch, und verschwindet in der Küche. Schon nach kurzer Zeit kommt sie mit Emils Essen zurück. Zum Pastizio gibt's wieder eine große Portion Pommes und sein griechischer Salat ist mit einem großen Haufen Schafskäse bedeckt. Emil lässt sich das Essen schmecken. Nach seinem Strandbesuch hat er ordentlich Hunger. Zum Essen trinkt er ein Bier. Amstel. Die Anderen wollen Emil beim Essen nicht stören und reden nicht mit ihm, aber kaum hat er fertiggegessen kommen die Fragen.

„Du warst doch heute bei der Polizei, Emil. Was hat denn der Commissario gesagt?"

„Ja Claudia. Ich war heute bei der Polizei. Der Kommissar Mavridis hat mich gleich begrüßt und mir einen Kaffee angeboten. Und dann hat er erzählt dass der Torso zum abgeschnittenen Kopf vom Mirtiotissa Beach gehört und die abgeschnittenen Füße und die Hand aus der Tüte in Agios ebenfalls zum Kopf und zum Torso gehören. Und jetzt pass auf. Die erste Hand, die der Hund in Agios auf den Marktplatz gelegt hat, die gehört jemand Anderem. Quasi noch keiner weiß wem. Und da hat der Kommissar gemeint es müsse wohl noch eine Leiche, oder sogar noch mehrere Leichen, wahrscheinlich wieder über die ganze Insel verteilt, geben. Und dann hat er noch gesagt dass die Identität der Leiche und der einen Hand völlig unklar sind und dass auf Korfu jedenfalls niemand vermisst wird."

„Das ist ja richtig spannend, was du da erzählst, Emil, ein echter Gothik Blues, aber in seiner Vollausprägung."

„Ja Horst. Könnte man so sagen."

„Das ist Death Metall", sagt dann Alfred, lächelt verschmitzt, und nimmt einen großen Schluck aus seiner Bierflasche.

Die Beatrix meint dann, „Die Ermordeten sind bestimmt sofort nach dem Tod in den Himmel gekommen, weil sie so viel gelitten haben".

Und die Sabine stimmt ihr zu.

Der Hans-Dieter fügt hinzu, dass die Ermordeten durch ihren gewaltsamen Tod mit Sicherheit so viel Karma abgebaut haben, dass ihre Seelen endgültig erlöst sind und sie nicht mehr wiedergeboren werden, und der Sebastian fügt hinzu „Die sind jetzt bestimmt alle bei Jim Morrison und Jimmy Hendrix im Paradies und haben dort viel Spaß".

Der Sebastian enthält sich der Stimme, lächelt nur, und nuckelt an seinem Bier.

„Das ist alles Blödsinn, was ihr da sagt. Nach dem Tod ist man einfach nur tot und sonst gar nichts. Es gibt keine Seele. Man kommt einfach nur auf den Friedhof oder wird irgendwo verstreut. Sonst nix." Sagt der Uwe und stellt entsetzt fest dass seine Bierflasche schon wieder leer ist. Er bestellt sich beim Nikos gleich eine Neue.

Die Claudia sieht das ganz anders. „Nach dem Tod wandert die Seele noch einige Zeit umher bis der Leichnam endgültig beigesetzt wurde. Gab es keine Beisetzung handelt es sich um eine ruhelose Seele die Aufmerksamkeit bei den Lebenden sucht damit die ihre sterblichen Überreste finden sollen um diese endgültig beizusetzen. Viele Seelen werden auch schon vor der Beisetzung, so zwischen 2-5 Tagen nach ihrem Tod wiedergeboren. Bei denen findet die Beisetzung ohne die Seele statt, quasi nur noch als Erinnerung an die Verstorbene oder den Verstorbenen. Seelen von besonders bösen Menschen, Mörder usw., werden unmittelbar nach dem Tod von den Teufeln abgeholt und in die Hölle gebracht. Die Hölle ist ein für Menschen unsichtbarer abgelegener Ort auf der Erde, vielleicht irgendwo in der Wüste Gobi. Es gibt auch noch die Zwischenwelt. Da ist es etwas gemütlicher als in der Hölle, quasi schon mit bewohnbaren Häusern, einer spärlichen Vegetation, insgesamt sehr spartanisch alles dort. Dorthin kommen Seelen die nicht wiedergeboren werden und noch nicht endgültig erlöst sind zur inneren Reinigung, quasi als Vorbereitung auf eine Wiedergeburt. Die Zwischenwelt liegt nicht auf der Erde. Diese Seelen werden regelmäßig von für uns unsichtbaren Raumschiffen auf der Erde abgeholt und dann auf irgendeinen großen Planeten, fernab im Universum, der sogenannten Zwischenwelt, gebracht. Die ganz guten Seelen, also die die nicht in die Hölle kommen, die nicht in die Zwischenwelt kommen, die nicht nochmal wiedergeboren werden müssen, die sind endgültig erlöst, und die kommen in das sogenannte Paradies, ein Ort, besser gesagt ein riesiger Planet, zu dem sie auch regelmäßig von unsichtbaren Raumschiffen abgeholt werden und wo für sie im wahrsten Sinne des Wortes für immer, weil sie unsterblich sind, paradiesische Zustände herrschen. Bis sie abgeholt werden, und das kann nach ihrem Tod noch Monate dauern, kümmern sie sich auf der Erde um Seelen die wiedergeboren werden und bringen sie an ihren neuen Geburtsort."

Jetzt meldet sich auch der Sebastian zu Wort. „Claudia, das ist ja voll flashig was du da eben erzählt hast. Genau so könnte es sein. Das ist total plausibel. Das heißt aber auch dass auf Korfu wahrscheinlich noch einige ruhelose Seelen umherirren und nach Leuten suchen, oder ihnen irgendwie erscheinen, zum Beispiel im Traum, die ihre Leichen finden bzw. ihre Leichenteile finden und wieder zusammensetzen. Wahnsinn! Das wird noch ein richtig irrer Urlaub. Das spüre ich schon."

Nachdem sie noch einen großen Schluck aus ihren Bierflaschen genommen haben, und das Gespräch über Seelen und Leichen beendet ist, gehen der Sebastian und der Hans-Dieter zum VW-Bus und holen ihre Gitarren. Sie spielen zuerst wieder alte Hippiemusik und dann auch einige eigene Kompositionen und so kommt vor Costas Taverna schon bald Partystimmung auf und das Bier fließt in Strömen. Auch die Briten bleiben noch, trinken Bier, und sind begeistert. Die Gespräche drehen sich jetzt nur noch mehr oder minder um Party in Agios und auf Korfu, und erst weit nach Mitternacht, nachdem alle bezahlt haben, lösen sich die Gruppen vor Costas Taverna so langsam auf und die Leute gehen zu ihren gemieteten Häusern oder in ihre Zimmer oder in den Caktus Hilton zu den Zelten.

Der Emil geht ganz langsam. Er ist auf dem Weg zu seinem Zimmer. Er hat einige Bier getrunken und seine Gedanken drehen einen Brummkreisel in seinem Kopf. Da ist immer wieder dieser Alptraum und dann denkt er an den blinden alten Mann vom Hafen und daran was die Claudia über die Seelen und die Wiedergeburt usw. gesagt hat. Wahrscheinlich wird er wieder intensiv träumen und dann wird er am nächsten Tag sehen was er jetzt weiter macht.

4

Emil ist früh aufgestanden und sitzt schon um 7 Uhr vor Costas Taverna. Anna ist auch schon in der Küche und bringt ihm sein Frühstück und einen starken griechischen Kaffee. Eine große Landschildkröte schleicht gerade gemächlich von einer Seite des Dorfplatzes zur anderen. Sie ist den kleinen Weg aus dem Caktus Hilton hochgekrochen. Der Emil geht zur Toilette. In der Toilette, das Fenster steht offen, sitzt unbeweglich ein großer dunkelbrauner Gecko an der Wand. Emil nimmt ihn und setzt ihn hinter der Toilette auf einen Steinhaufen. Der Gecko schaut auf seinem Stein einen Moment unbeweglich zum Emil und dann saust er davon.

Emil hat wieder von der toten Frau ohne Augen geträumt. Der Olivenwald wo sie ihm im Traum begegnet ist muss ganz im Süden der Insel liegen. Nur dort gibt es so hochgewachsene uralte Olivenbäume die einen Wald bilden, so wird es jedenfalls in einem seiner Reiseführer beschrieben, die er mitgenommen hat. Beim Olivenwald liegt ein kleiner touristisch stark frequentierter Ort an der Südostküste, der südlichste Ort auf Korfu, Kavos.

Emil beschließt nach dem Frühstück und einem weiteren starken griechischen Kaffee mit dem Roller nach Kavos zu fahren. Mal sehen was es dort im

Olivenwald gibt, denkt er. Er holt seinen Rucksack mit seinen Badesachen aus dem Zimmer, denn der Ort liegt ja direkt am Meer und soll auch einen schönen Strand haben. Als er zurück auf den Marktplatz kommt sitzt Claudia beim Frühstück vor Costas Taverna. Die anderen scheinen alle noch zu schlafen.

„Hallo Emil. Auch schon so früh aktiv. Du hast bestimmt schon vor mir gefrühstückt, oder."

„Ja habe ich."

Claudia hat ihren Rucksack neben ihren Stuhl gestellt. Aus den Rucksack schaut der obere Teil einer großen Flasche Wasser. Sie trägt ihre Wanderschuhe, eine Jeans, ein gelbes T-Shirt und hat einen Hut neben sich auf den Tisch gelegt.

„Planst du heute eine größere Wandertour, Claudia."

„Ich möchte querfeldein über die Hügel zum Gebirgsdorf Pelekas wandern, dort ein wenig verweilen und mich im Ort etwas umschauen, und von dort dann durch die Olivenhaine bergab weiter zum Pelekas Strand wandern. Der soll sehr schön sein und das Meer soll dort auch sehr sauber sein, also gut zum Baden. Dort gibt es am Strand auch Tavernen wo man was Essen und Trinken kann. Hast du eigentlich wieder so irre geträumt?"

„Ja ich habe wieder geträumt. Wieder der gleiche Traum. Ich fahre jetzt mit dem Roller und meinen Badesachen an die Südostspitze der Insel, nach Kavos. Der Traum mit dem Olivenwald scheint von dieser Gegend zu handeln. Es ist zwar eigentlich Wahnsinn einem Traum nachzufahren, auf den reinen Verdacht hin, dass da vielleicht etwas sei, quasi der Frage nachzugehen ob es Wahrträume gibt oder nicht, aber ich mache es jetzt einfach mal, zumal sich der Traum fast in der gleichen Form wiederholt hat, vielleicht ist ja an dem Traum tatsächlich etwas dran, das wäre dann allerdings wirklich schon sehr unheimlich. Wenn da nichts ist habe ich ja immerhin eine sehr schöne Rollertour über die halbe Insel gemacht, kann vor einer Taverne am Strand sitzen und Essen und Trinken, kann immer mal wieder ins Wasser gehen. Und gegen Abend bin ich wieder hier. Ich hoffe ja eigentlich innständig dass ich dort nichts finde und das Ganze nur unschöne spukhafte Albträume waren. Mal sehen. Ich wünsche dir jedenfalls einen schönen Tag."

„Das wünsch ich dir auch, Emil. Und fahr vorsichtig. Du weißt ja wie die Griechen hier fahren."

Emil geht zu seinem Roller, tritt ihn an, und der springt auch sofort an, und dann fährt er die kleine Dorfstraße hinunter bis zur Hauptstraße und dann links ab Richtung Korfu Stadt. Er muss nicht durch die ganze Stadt fahren, er kann außenherum auf die Küstenstraße fahren und dann weiter zum Badeort Benitses, dort macht er eine kleine Pause vor einer Taverne am Strand, trinkt eine Limonade, und genießt den Blick auf das spiegelglatte ruhige Meer, dann fährt er an der Küste weiter nach Messongi, und dort biegt er ab ins Inland und fährt über Korissia, Perivoli, Lefkimi, Richtung Kavos.

Kavos ist ein touristisch stark genutzter Ort. Am Strand und im Ort sind überall kleinere und größere Hotels und verschiedene Bars und Tavernen. Etwa in der Ortsmitte sieht er am Ortsrand rechts riesige alte Olivenbäume. Hier ist er richtig, denkt Emil. Er biegt ab und kommt am Ortsrand tatsächlich auf einen unbefestigten Weg der in einen Wald mit uralten riesigen Olivenbäumen führt. Er stellt seinen Roller ab und geht zu Fuß weiter. Nach etwa 200 Metern sieht er neben dem Weg den alten Olivenbaum der ihm auch im Traum erschienen ist. Er geht zu dem Baum und hinter dem Baum ist am Boden frische Erde zu erkennen etwa auf einer Länge eines menschlichen Grabes. Emil bleibt erschrocken stehen. Was soll er jetzt machen? Er findet in der Nähe auf dem Boden einen kräftigen Olivenholzstock, mit dem er ein wenig in der frischen Erde graben kann. Als er in der Erde mit dem Stock etwas tiefer kommt spürt er einen Widerstand. Er kann die Stelle mit dem Widerstand mit dem Stock etwas freilegen und sieht zu seinem Entsetzen die Umrisse eines menschlichen Beines. Emil lässt den Stock liegen und geht zurück zu seinem Roller. Dann hält er am Ortsrand vor einem kleinen Hotel und geht hinein. Er spricht die junge Dame an der Rezeption auf Deutsch an und die antwortet ihm tatsächlich auf Deutsch „Sie wünschen bitte". Emil erklärt ihr dass er mal telefonieren möchte und die nette junge Dame gibt ihm das Telefon. Emil ruft den Kommissar Mavridis an, von dem hat er ja noch die Visitenkarte in seinem Portemonnaie. Der Kommissar geht auch sofort an sein Handy. „Herr Kommissar, hier ist der Emil, ich habe in Kavos in einem Olivenwald noch eine Leiche gefunden. Sie liegt dort in einem Grab unter einem alten Olivenbaum. Ich rufe vom Hotel Kristina an."

„Bleiben sie beim Hotel Kristina. Wir kommen so schnell es geht dorthin. Und dann können sie mit uns in den Olivenwald fahren und uns die Fundstelle zeigen. Wir bringen ein geländegängiges Fahrzeug mit."

Emil bedankt sich bei der freundlichen Dame an der Rezeption und die hat ja mitgehört und bietet dem Emil während der Wartezeit einen griechischen Kaffee an. Das Angebot nimmt Emil gerne an.

Nach ca. einer Stunde trifft die Polizei ein. Der Kommissar begrüßt den Emil. „Na Herr Emil. Sie sind ja wirklich eine Sherlock Spürnase. Schon wieder eine Leiche. Und diesmal in Kavos. Das liegt ja ganz weit weg von Agios Ioannis. Wie sie bloß auf so etwas gekommen sind. Das ist mir echt ein Rätsel. Aber nun los. Schauen wir wo die Leiche liegt und dann sehen wir weiter." Die Polizei ist mit mehreren Autos gekommen und sie haben wieder den Pickup, der ist ja geländegängig, und den Hund mitgebracht. Die Spurensuchteams laufen mit dem

Hund hinter dem Pickup her in dem der Kommissar und Emil mitfahren. Der Pickup fährt im Schritttempo in den Olivenwald bis sie an der Fundstelle sind. Die Spurensuchteams graben die Leiche aus. Eine nackte junge noch nicht verweste Frau der keine Gliedmaßen oder der Kopf fehlen, dafür fehlen ihr die Augen. Der Emil hat dem Kommissar alles gezeigt was er gefunden hat und die Polizei wird wohl noch Stunden mit der Spurensuche beschäftigt sein, sagt der Kommissar. „Sie können fahren, Herr Emil, wenn sie wollen", sagt der Kommissar. „Sie haben die nackte Frau gesehen. Alles noch dran. Nur die Augen fehlen. Wir melden uns bei ihnen wenn wir Näheres wissen. Ihnen weiterhin einen schönen Urlaub. Und danke dass sie uns gerufen haben."

Emil geht zurück zum Hotel. Da steht ja sein Roller. Er hat jetzt keine Lust mehr zum Baden, tritt seinen Roller an, und fährt zurück nach Agios Ioannis.

Am frühen Nachmittag ist Emil wieder in Agios. Der Ort wirkt wie ausgestorben. Der Marktplatz ist leer und Costas Taverna hat geschlossen. Siesta. Emil bringt seinen Rucksack aufs Zimmer und geht zurück zu seinem Roller. Er will nach Paleokastritsa fahren. Dort gibt es ein Kloster und ein Aussichtsrestaurant, von dem aus man einen schönen Blick auf den darunter liegenden Ort und die Bucht hat. Im Kloster will der Emil zwei Kerzen für die gefundenen Verstorbenen anzünden und damit für sie um Beistand bitten. Als er auf dem Hügel in Paleokastritsa das Kloster betritt erwartet ihn am Eingang ein mit einer schwarzen Kutte bekleideter alter weißhaariger Mönch. Der Mönch hat seine langen Haare hinterm Kopf zu einem großen Zopf zusammengebunden und hat einen langen weißen Bart. Der Mönch mustert Emil von oben bis unten und dann bittet er ihn auf Deutsch ihm in die kleine Klosterkirche zu folgen. „Sie wollen für zwei Leichen Kerzen anzünden. Ist das richtig? Meine innere Stimme hat sie mir bereits angekündigt. Sie sind aus Agios Ioannis und machen hier Urlaub. Richtig? Sie waren früher ein bekannter Reporter und haben schon in vielen schwierigen Kriminalfällen ermittelt. Richtig? Und jetzt wollen sie für diese Leichen die Mörder finden. Richtig? Sie müssen sich sehr stark in Acht nehmen. Die Mörder sind nicht von Korfu. Das sagt mir meine innere Stimme. Vielleicht sind die Mörder aus Russland. Sie kommen jedenfalls aus dem Osten. Sind keine Griechen. So viel kann ich ihnen sagen. Das sind ganz gefährliche grundböse Menschen. Die schrecken vor keinem Mord zurück. Echte Teufel aus der Hölle sind das. Sie werden die Mörder vielleicht auf dem griechischen Festland finden. In einer Hafenstadt in Mittelgriechenland. Weit östlich von hier. Das Böse kommt aus dem Osten. Seien sie sehr vorsichtig. Ihre Neugierde kann sie leicht das Leben kosten. Da vorne liegen die Kerzen. Sie können jetzt zwei anzünden. Geben sie bitte eine kleine Spende in den Metallkasten neben den Kerzen. Wenn sie die Kerzen angezündet haben werde ich sie segnen. Gott wird dann immer bei ihnen sein."

Emil zündet die Kerzen an und danach segnet ihn der Mönch. In der kleinen Kapelle herrscht in diesem Moment eine gespenstische Atmosphäre. Emil friert es am ganzen Körper als er die Kirche verlässt. Der Mönch sagt nichts weiter als Emil das Kloster wieder verlässt. Emil bedankt sich bei dem Mönch. Er dreht sich noch einmal herum bevor er seinen Roller startet und sieht wie der Mönch im Eingang des Klosters steht und ihn wortlos mit traurigen Augen anblickt.

Emil fährt fröstelnd zum Aussichtsrestaurant. Dort setzt er sich an einen leeren Tisch in die Sonne und spürt wie ihm innerlich langsam wieder wärmer wird. Das sind alles merkwürdige Erlebnisse, denkt Emil. Er fragt sich warum gerade ihm immer solche Sachen passieren, hat für sich aber keine wirklich plausible Antwort parat. Vielleicht ist ja gerade er der ewige Sherlock. Vielleicht. Richtig Urlaub kann man so etwas jedenfalls nicht nennen. Fast jeden Tag irgendwelche Leichen. Emil bestellt sich ein Bier. Die junge Bedienung bringt ihm ein Amstel. Offensichtlich ist Amstel die Standardmarke auf Korfu. Der Ausblick ist traumhaft und ganz langsam, quasi Schluck für Schluck vom Amstel, kommen beim Emil auch wieder Urlaubsgefühle auf. In diesem Restaurant gibt es auch Gebäck und leckeren Kuchen. Emil geht ins Restaurant an die Kuchentheke und bestellt sich zwei große Stücken Torte. Die junge Bedienung bringt sie ihm raus. Emil schlemmt die Torte, trinkt sein Amstel, und fühlt sich von Moment an wieder pudelwohl. Sicher wäre ein Kaffee zur Torte stilvoller gewesen, aber was solls. Emil will nicht bis zum Sonnenuntergang in dem Aussichtsrestaurant bleiben und bezahlt. Er fährt mit seinem Roller noch eine Runde durch den Ort und bis ans Meer und dann lenkt er seinen Roller wieder Richtung Agios Ioannis. Unterwegs denkt er immer noch über die Prophezeiung des alten Mönchs nach aber die deckt sich erstaunlich genau mit der Prophezeiung des blinden alten Mannes im Hafen von Korfu Stadt. Scheinbar sollte er wirklich aufs Festland nach Volos fahren. Die größere Hafenstadt liegt an der gleichnamigen Bucht und am Beginn der Halbinsel Pilion. In Volos und auf dem Pilion könnte er vielleicht die richtigen Antworten finden zu den mysteriösen Leichen auf Korfu, so sagen es jedenfalls die beiden Prophezeiungen. Emil ist sich allerdings noch sehr unschlüssig.

Als Emil am Spätnachmittag auf den Dorfplatz von Agios fährt, sitzen schon die ersten Gäste vor Costas Taverna. Claudia sitzt auch schon da. Sie sitzt alleine an einem Tisch und trinkt einen griechischen Kaffee. Ihren Rucksack hat sie offenbar schon in ihr Zimmer gebracht. Sie trägt ein bauchfreies T-Shirt, eine kurze Hose, und Sandalen.

Ihr Gesicht zeichnet ein feines Lächeln als sich Emil ihrem Tisch nähert.

„Hallo Emil. Auch schon wieder in Agios. Setzt dich. Hast du etwas gefunden in Kavos. Oder war das einfach nur ein Wiederholungsalbtraum."

„Du wirst es nicht glauben, Claudia. Ich habe in Kavos tatsächlich den Olivenwald aus den Albträumen mit den riesigen alten Olivenbäumen gefunden. Und jetzt rate mal was ich hinter einem dieser Bäume entdeckt habe."

„Etwa eine Leiche?"

„Nein, nicht direkt. Ein frisches Grab. Das konnte man an der Erde hinter dem Olivenbaum erkennen. Ich hab dann einen Stock genommen und in der frischen Erde etwas herumgestochert und dann bin ich auf einen Widerstand gestoßen. Die Erde war ja da ganz weich. Ich hab dann an der Stelle mit dem Stock ein kleines Stück freigelegt und habe die Umrisse eines Beines gesehen. Ich hab dann von einem Hotel aus den Kommissar Mavridis angerufen und der kam mit seinen Kollegen und die haben dann eine noch nicht verweste Frauenleiche ausgegraben die noch alle Gliedmaßen hatte und der Kopf war auch noch dran, nur ihre Augen fehlten. Die haben dann noch Stunden Spurensuche betrieben, ich konnte aber schon vorher wieder fahren. Das musst du dir mal vorstellen. So ein Wahnsinn. Oder?"

„Das ist wirklich Wahnsinn, Emil. Ich habe in Pelekas auf dem Rückweg auch etwas sehr

Merkwürdiges erlebt. Ich habe mich vor eine Taverne gesetzt und einen griechischen Kaffee getrunken. Im griechischen Kaffee bleibt ja immer wenn du ihn leergetrunken hast unten in der Tasse der Kaffeesatz. Und da setzt sich doch eine uralte schwarz gekleidete Frau zu mir an den Tisch und fragt mich auf Griechisch ob sie mir die Zukunft aus dem Kaffeesatz lesen darf. Ich war natürlich sofort sehr interessiert und habe eingewilligt. Und dann prophezeit mir diese Frau aus dem Kaffeesatz dass ich mit einem Mann aus Deutschland mit einem Motorroller nach Volos fahren werde. Und in Volos würden wir böse Männer treffen vor denen wir uns unheimlich in Acht nehmen müssten. Danach ist die Frau wortlos aufgestanden und weiter in den Ort gegangen. Stell dir das mal vor Emil. Da war ich richtig schockiert. Mit dem Mann aus Deutschland kann sie ja eigentlich nur dich gemeint haben. Oder?"

„Das schätze ich auch, Claudia. Ich war ja nach dem Leichenfund in Kavos noch in einem Kloster in Paleokastritsa. Da habe ich zwei Kerzen für die Leichen angezündet. Und dann hat mir ein alter Mönch etwas ähnliches prophezeit wie die alte Frau dir. Und das Gleiche hat mir ja vorher schon ein blinder Mann im Hafen von Korfu Stadt prophezeit. Irgendwie scheinen das keine reinen Zufälle mehr zu sein. Die Wahrträume und die Prophezeiungen. Da ist mit Sicherheit etwas dran. Auch wenn das Alles noch so unheimlich scheint. Vielleicht sollten wir zwei wirklich zusammen mit dem Roller für einige Tage nach Volos fahren und mal schauen was uns dort dann erwartet. Vielleicht finden wir ja tatsächlich etwas heraus, was zur Aufklärung der Morde beiträgt."

„Allein bei dem Gedanken daran schaudert es mich schon, Emil. Das sind doch Mörder, also echte Schwerverbrecher, die uns da eventuell erwarten. Und wie wollen wir da denn vorgehen um etwas herauszufinden. Wir müssten uns doch direkt in die Kreise der Unterwelt begeben, sonst erfährt man doch nichts. Und die werden uns mit Sicherheit nicht freiwillig verraten was sie über die Leichen auf Korfu wissen. Die bringen uns vielleicht auch um, sollten wir denen auf die Spur kommen, damit wir nichts verraten können. Also ich halte das ganze Unterfangen für eine sehr gefährliche Sache. Das sollten wir uns zigmal überlegen ob wir mit solchen Ermittlungsversuchen wirklich unseren ganzen Urlaub versauen wollen."

„Würdest du denn mitfahren, Claudia, mal ganz direkt gefragt."

„Also wenn ich nicht ein so abenteuerlustiger und neugieriger Mensch wäre, würde ich jetzt sicherlich Nein sagen, aber so sage ich mal einfach Ja, Emil. Ich fahre mit!"

„Dann müssen wir schauen dass wir morgen nach dem Frühstück unsere Zimmer bezahlen. Wir haben ja beide unser Reisegepäck in unseren Rucksäcken, das ist praktisch, damit können wir auch gut auf dem

Roller fahren, und dann fahren wir nach Korfu Stadt in den Hafen zur Fähre nach Igoumenitsa und von Igoumenitsa fahren wir über Ioannina und über den Katara Pass weiter zu den Meteora Klöstern, die können wir uns ja dann noch anschauen, und von dort fahren wir weiter nach Larissa und von Larissa weiter direkt nach Volos. Das sind etwa 320 Kilometer von Igoumenitsa aus. Also mit ausgiebigen Pausen und Besichtigungen werden wir für die Tour bis Volos etwa neun Stunden brauchen. Dann sind wir abends in Volos, können uns in Ruhe ein schönes kleines Hotel suchen, und danach gehen wir Essen und schauen uns nach dem Essen noch ein Wenig in Volos um. Vielleicht fällt uns dann ja zufällig schon irgendetwas auf. Tags drauf können wir ja tagsüber eine Rollertour auf der Halbinsel Pilion machen, die grenzt ja an Volos, und abends suchen wir dann die Kneipen, wo sich die Unterwelt von Volos trifft. Solche Kneipen findet man am Ehesten in Hafennähe und in der Nähe von Puffs."

„Also irgendwie bin ich schon richtig aufgeregt Emil. Das wird bestimmt ein riesiges Abenteuer was wir da erleben werden. Hoffentlich kommen wir da auch wieder heil raus."

„Da kann ich dich beruhigen Claudia. Ich habe schon die unglaublichsten Abenteuer in Italien erlebt und hatte jedes Mal einen sehr aktiven Schutzengel und bin dadurch immer ohne Blessuren und mit heiler Haut wieder herausgekommen."

„Na dann bin ich ja beruhigt, Emil. Es ist ja gut dass du mit solchen Sachen schon eine so umfangreiche Erfahrung hast. Das wird uns bestimmt viel helfen. Jetzt warten wir aber mal ab, was es heute Abend Leckeres zu Essen gibt. Die Anna oder der Nikos kommen bestimmt gleich und erklären uns die Speisekarte. Der Uwe hat sich auch noch nicht blicken lassen. Die jungen Hippies sind ja heute Morgen, nachdem du weg warst, zu Fuß zum Mirtiotissa Beach aufgebrochen. Die werden bestimmt auch gleich zurückkommen, es sei denn sie wollen heute Nacht am Strand schlafen."

In diesem Moment kommen zwei Motorradfahrer mit älteren BMWs auf den Dorfplatz gefahren. Beide Motorräder sind mit Gepäck beladen. Sie stellen ihre Motorräder am Rand des Dorfplatzes neben Emils Roller ab. Zwei Deutsche. Sie haben das Kennzeichen UN, kommen also aus der Region Unna. Die Beiden haben kurze graue Haare und vom Gesicht her sind sie auch schon erkennbar ein älteres Semester. Beide gehen wortlos in die Taverne und werden dort lautstark von Nikos und Costa, der auch in der Taverne ist, begrüßt. Nach der Begrüßung zu urteilen waren sie schon oft in Agios Ioannis. Auch Anna ist jetzt aus der Küche in die Taverne gekommen und begrüßt die Neuankömmlinge freudig. Die beiden wollen offenbar ein Zimmer in Annas Pension, und da sind ja auch noch Zimmer frei. Also geht Anna vorweg und die Beiden holen ihr Gepäck von den Motorrädern und folgen Anna zur Pension. Nach etwa einer halben Stunde sind die beiden wieder da . Sie setzen sich etwas abseits an einen freien Tisch und trinken ein Amstel. Ein kurzes Hallo haben sie gesagt. Immerhin. Die beiden unterhalten sich intensiv über ihre Motorradtour und die Zeit auf der Fähre von Italien nach Korfu. Ab und zu lachen sie lautstark und prosten sich zu. Beide dürften schon über sechzig sein. Emil geht aus Neugierde in die Taverne um sich die Fotos an der Wand anzuschauen. Und auf mehreren Fotos kann er die beiden Motorradfahrer erkennen.

Inzwischen kommt Nikos aus der Küche und erklärt die Speisekarte. Die Briten haben inzwischen auch an mehreren Tischen Platz genommen. Auch die jungen Hippies sind alle von ihrem Strandbesuch zurückgekehrt. Sie sind aber noch bei ihren Zelten im Caktus Hilton. Auch Uwe hat sich zu Claudia und Emil an den Tisch gesetzt und trinkt ein Bier. Claudia und Emil trinken ebenfalls Bier. Nikos erklärt dass es heute ein Kleftiko gibt. Das ist ein Schmorbraten mit Lamm und Ziege. Dazu gibt es geröstete Kartoffeln und Bohnen. Dann wäre noch ein Moussaka und ein Pastizio im Angebot und zu allen Gerichten gibt es einen griechischen Salat. Emil, Claudia und Uwe nehmen das Kleftiko mit Salat. Die Neuankömmlinge bestellen sich auch das Kleftiko. Und inzwischen haben sich auch die jungen Hippies an die Tischreihe neben Uwe, Claudia und Emil gesetzt. Der Sebastian bestellt ein Moussaka, die Sabine bestellt auch ein Moussaka, die Beatrix bestellt ein Pastizio, der Horst bestellt nur ein Bier, er möchte offenbar nichts essen, der Alfred bestellt das Kleftiko und der Hans-Dieter bestellt auch das Kleftiko. Dann bestellen alle, der Horst hat ja schon eins bestellt, noch ein Bier.

„Heute war auf dem Rückweg vom Mirtiotissa Beach echt was los, Emil. Die Polizei war mit mehreren Geländewagen da. Die hatten auch den Weg abgesperrt und wir mussten durch die Macchia weitergehen. Wir waren dann neugierig und ich habe einen Polizisten gefragt was denn los sei und der hat mir dann auf Griechisch, ich kann ja Gott sei Dank Griechisch, erklärt dass sie weit hinten am Felsen in der Macchia eine nackte Frauenleiche gefunden hätten. Der fehlte die linke Hand, sonst war noch alles dran, hat er gesagt. Und sie würden jetzt noch die ganze Gegend nach Spuren absuchen. Ein Grieche der mit seinen Ziegen in der Macchia unterwegs war soll die Leiche gefunden haben. Und dann hat er von der Taverne im Olivenhain aus die Polizei gerufen."

„Das ist ja Wahnsinn, Sabine."

„Ich hab heute in Kavos auch wieder eine Frauenleiche gefunden. Die Leichen halten die Polizei auf Korfu ja jetzt ganz schön auf Trab. Das kann man nicht anders sagen. Das hat langsam mit Urlaub nicht mehr viel zu tun."

„Das kannst du laut sagen, Emil. Wir waren auch alle total geschockt. Mal sehen was als nächstes noch alles passiert."

„Ich glaube das hier auf Korfu ein Perverser rumrennt und sein Unwesen treibt. Irgendein perverser Schlächter. Vielleicht ein Metzger oder so, der irgendwo in einem total abgelegenen Haus im Gebirge, irgendwo im Olivenwald oder in der Macchia, Frauen umbringt und sie dann zerlegt. Vielleicht auch ein Auftragsmörder den die Maffia beauftragt hat. Jedenfalls ein total Perverser."

„Meinst du, Beatrix."

„Ja wer soll denn sonst die ganzen Leichen produzieren, Claudia. Das ist ein perverser Schlächter. Und der läuft hier auf Korfu noch frei rum. Der könnte uns auch erwischen wenn wir ihm zu nahe kommen. Vielleicht sind das auch Mafiosi. Da kriegt man echt Angst, wenn man da mal genauer drüber nachdenkt. Also ich würde hier jetzt nicht mehr alleine in irgendwelchen abgelegenen Gegenden herumlaufen. Ganz bestimmt nicht."

„Also jetzt pass mal auf Beatrix. Ich glaube auch dass da die Maffia dahinterstecken könnte. Oder zumindest irgendeine düstere Interessengruppe. Vielleicht Zuhälter oder so. Das sind vielleicht gar keine Griechen. Vielleicht kommen die aus irgend einem anderen Land. Vielleicht irgendwoher im Osten. Eins glaube ich allerdings inzwischen. Der oder die Mörder sind nicht von Korfu. Die legen die Leichen und die Leichenteile, aus welchen jetzt noch unerklärlichen Gründen auch immer, auf Korfu nur ab. Da bin ich mir inzwischen ziemlich sicher."

„Meinst du wirklich, Emil?"

„Da bin ich mir ziemlich sicher, Alfred."

Inzwischen bringen der alte Costa und der Nikos das Essen und alle prosten sich noch einmal kräftig zu und dann sind die Gespräche beendet und es wird geschlemmt.

Nach dem Essen geht die Unterhaltung über gefundene Leichen nicht mehr weiter. Sebastian und Hans-Dieter holen wieder ihre Gitarren aus dem VW-Bus und spielen kräftig auf. Inzwischen sind auch die beiden Motorradfahrer an der Tischreihe näher gerückt und haben gesagt dass sie Hans und Paul heißen und dass sie aus Unna sind und mindestens schon zwölf Mal in Agios Ioannis waren, das erste Mal schon Anfang der 80-ger Jahre, und dass sie immer wieder gerne in Urlaub hierher zurückkommen würden weil hier eine derartig gute Stimmung wäre.

Von den Leichen mal abgesehen ist das ja auch so, denkt sich der Emil.

Der Abend wird noch lang und es wird lange und kräftig musiziert und viel Bier getrunken und viel über früher in Agios geredet.

Irgendwann deutlich nach Mitternacht verabschiedet sich dann der Emil, viele andere bleiben noch sitzen, auf sein Zimmer, und die Claudia folgt ihm wortlos.

5

Sie sitzen schon früh beim Frühstück. 7 Uhr.
Claudia hat beim Vassili ihr Zimmer schon bezahlt
und ihr gepackter Rucksack steht neben ihrem Stuhl.
Sie trinkt ganz langsam, fast schon andächtig, ihren
griechischen Kaffee. Anna hat ihr auch ein
Frühstück hingestellt. Sie braucht nichts dafür zu
bezahlen, quasi Emil all inclusive. Emil hat Anna
erklärt dass sie einige Tage mit dem Roller aufs
Festland fahren und hat sein Zimmer bei Anna auch
schon bezahlt. Vor Costas Taverna sind sie um diese
Uhrzeit die Einzigen. Der streunende Dorfhund
kommt an ihren Tisch. Claudia gibt ihm eine
Scheibe Wurst. Er scheint dankbar zu lächeln und
dann verabschiedet er sich und läuft über den
Marktplatz aus dem Ort.

Es liegt eine gewisse Spannung über Agios als
Emil den Roller antritt. Sie steigen mit ihren
Rucksäcken auf dem Rücken auf und dann brausen
sie aus dem Ort Richtung Korfu Stadt. Anna winkt
ihnen noch hinterher.

Als sie im Hafen sind gehen und fahren gerade die
Passagiere auf die Fähre nach Igoumenitsa. Emil
gibt kurz Gas und knattert über die Ladeklappe auf
die Fähre. Es dauert nicht lange bis sich die
Ladeklappe schließt und die Fähre ablegt. Emil hat
den Roller am hinteren Ende der Fähre an der Seite

abgestellt. Sie bezahlen beim Kontrolleur ihr Ticket und setzen sich am Rand der Fähre auf eine Bank, nur wenig oberhalb des Wassers, damit sie während der Fahrt das Meer schäumen sehen können. Ihre Rucksäcke haben sie beim Roller stehen lassen. Ist eh nichts Wertvolles drin.

Die Fahrzeit bis Igoumenitsa dauert etwa 1,5 Stunden. Sie haben also noch genug Zeit sich an der Bar einen griechischen Kaffee im Plastikbecher zu holen und sich damit wieder auf ihren Platz auf der Bank zu setzen. Claudia genießt das Schäumen des Meeres an der Schiffswand. Das Meer ist glatt und glitzert. Es geht kein Lüftchen, nur der Fahrtwind, der Himmel zeigt ein helles Blau, wolkenlos, Griechenland Ende Mai.

Auf der Fähre herrscht eine Stimmung wie man sie in Wartehallen größerer Bahnhöfe beobachten kann. Jeder ist innerlich irgendwie in Bewegung auch wenn er irgendwo ruhig sitzt oder steht. Reisestimmung.

„Ich finde es prima das wir mal mit einer Fähre fahren. Ich mag es wenn das Meer während der Fahrt an der Bordwand schäumt. Das erzeugt ein angenehm erfrischendes Gefühl. Es dürften ja jetzt schon 30 Grad sein. Da tut der Fahrtwind richtig gut, auch wenn er nur lauwarm ist. Das Meer ist wirklich spiegelglatt. Außer am Schiff ist nirgends eine Welle zu sehen. Da möchte man direkt reinspringen und eine Runde schwimmen, geht's dir nicht auch so, Emil."

„Ich bin in Gedanken schon bei unserer Tour. Wie wir fahren und dass wir uns unterwegs noch ein bisschen was anschauen und so. Schwimmen möchte ich jetzt nicht. Ich möchte fahren und den Fahrtwind genießen.

„Was schätzt du wie lange wir bis Volos brauchen werden, Emil?"

„Wenn wir genügend Pausen einlegen und uns noch die Meteora Klöster anschauen, die liegen ja quasi auf dem Weg, genau gesagt bei Kalambaka, da kommen wir durch wenn wir weiter nach Larissa wollen und von Larissa ist Volos nicht mehr weit, vielleicht noch 55 Kilometer, dann werden wir ungefähr 9 Stunden bis Volos brauchen. Wir werden etwa abends um Sieben oder halb Acht in Volos sein und können uns dann in aller Ruhe, bevor wir Essen gehen, ein schönes kleines Hotel in Hafennähe suchen. Von da aus können wir uns die nächsten Tage dann gut auf die Suche begeben. Ein guter Sherlock Stützpunkt, quasi der Standort, ist enorm wichtig. Wenn man alle Bars, und die Tavernen wo sich die Unterwelt trifft, und die Bordelle, fußläufig in der Nähe hat kann man sich unauffällig schön einschleichen und findet dort mit Sicherheit jemanden oder einzelne, die ihr Gewissen erleichtern möchten und etwas ausplaudern. Und dann heißt es gut kombinieren und sehr vorsichtig sein, denn gefährlich wird die ganze Sache allemal. Wir sollten bei der ganzen Sache aber das Wort Urlaub nicht vergessen. Wir sollten uns auch was anschauen und das Schöne nicht vergessen."

„Du machst mir Mut, Emil. Genau das habe ich vorhin nämlich auch gedacht. Wir sollten nicht nur im Dreck wühlen, sondern auch unseren Urlaub und das Schöne nicht vergessen, und wenn wir das geschickt anstellen, dann wird das bestimmt eine sehr interessante und auch schöne Tour. Da bin ich mir inzwischen ziemlich sicher. Soll ich uns noch zwei Kaffee holen. Wir fahren ja noch ein bisschen."

„Ja gerne, Claudia. Ich geh nur kurz runter zu den Autos. Ich muss mal was nachschauen. Bin gleich wieder hier."

Emil schaut nach der Autonummer eines alten Mercedes, der ihm beim Reinfahren auf die Fähre in Korfu Stadt schon aufgefallen ist. Im Mercedes saßen zwei Männer die gerade ausgestiegen sind als er mit dem Roller am Mercedes vorbei auf der Fähre nach hinten gefahren ist.

„Hier dein Kaffee, Emil. Ist dir was aufgefallen?"

„Ja. Der alte Mercedes hat keine griechische Nummer. Könnte Kasachstan sein, direkt russisch ist sie nicht."

„Ist dir schon aufgefallen dass wir die ganze Zeit beobachtet werden, Emil. Die zwei Männer am Tresen der Bar. Die schauen immer wieder zu uns rüber und unterhalten sich. Das sind die Einzigen auf der Fähre die bei diesen Temperaturen ein Jaquet tragen. Ich habe mich beim Kaffeeholen extra neben die Beiden gestellt. Da sind sie plötzlich ganz unruhig geworden und haben sich auf Griechisch unterhalten, mit deutlichem Akzent, Ukraine oder noch weiter östlich, kann ich schlecht sagen, vielleicht auch Russen irgendwo aus dem Osten des Landes, direkt nach russischem Akzent klang das nicht. Und nun kann ich ja fließend Griechisch. Die haben nur schnell irgendwelchen Blödsinn auf Griechisch dahergeredet nur um Griechisch zu reden. Wirres Zeug ohne Hand und Fuß. Der Barkeeper hat auch ganz sparsam geschaut als er die Beiden gehört hat."

„Mir sind die beiden Männer mit der Sonnenbrille und dem Jaquet auch schon aufgefallen. Das sind die zwei Typen aus dem alten Mercedes, der unten im Laderaum steht. Die sind mir beim Reinfahren in Korfu Stadt schon aufgefallen, als sie gerade ausgestiegen sind. Das sind Beobachter. Spione. Die sollen schauen was wir machen und wo wir hinfahren und dann alles ihren Chefs melden. Die wollen bereits im Vorfeld vermeiden dass wir denen zu nahe kommen, falsch, das wir denen auf die Schliche kommen. Sowas bin ich gewöhnt von Früher. Die zwei sind relativ harmlos. Das sind nur kleine Melder. Sonst nichts. Am Besten wir beachten sie so wenig wie möglich. Die werden unterwegs sowieso vor uns herfahren und dann immer wieder irgendwo, bei einer Taverne oder so, anhalten und warten bis wir vorbeigefahren sind und dann fahren sie uns wieder „unauffällig" hinterher, überholen uns, und dann warten sie wieder irgendwo. Das Spielchen geht so bis Volos. Wirst du sehen. Das ist aber eher harmlos. Die wollen uns nur ein bisschen einschüchtern. Sonst nichts. Und siehst du. Wenn man ihnen direkt ins Gesicht schaut gucken sie sofort weg."

„Das geht ja schon gut los, Emil. Was wird uns dann erst in Volos erwarten. Aber gut. Nicht vorher schon verrückt machen. Das bringt gar nichts. Dafür ist der Tag viel zu schön. Lass uns jetzt erstmal diese schöne Tour genießen."

Die Fähre hat in Igoumenitsa angelegt. Emil und Claudia warten extra lange bis die beiden mit ihrem Mercedes die Fähre verlassen haben. Dann fahren sie ganz langsam von der Fähre. Der griechische Fährmann an der Ladeklappe winkt ihnen freundlich hinterher. Sie fahren zu einer Taverne im Hafen, von wo aus sie einen guten Rundumblick haben, und trinken dort noch in Ruhe einen griechischen Kaffee. Die beiden Männer mit ihrem Mercedes sind schon bald verschwunden.

Von Igoumenitsa bis zum Katara Pass sind es etwa 150 Kilometer. Dort wollen sie die Aussicht genießen und in irgendeiner Taverne in der Nähe Mittagessen. Sie starten im Hafen von Igoumenitsa gegen halb Elf und fahren mit durchschnittlich 60 Stundenkilometern, die Strecke ist frei, an Ioannina vorbei, durchs Gebirge bis zum Katara Pass. Die beiden im alten Mercedes sind auf der gesamten Strecke noch nirgends aufgetaucht. Sie haben sich wahrscheinlich geschickt versteckt und fahren jetzt hinter dem Roller, und tatsächlich, als sie mit ihrem Roller gerade oben auf dem Katara Pass auf einem Rastplatz neben der Straße angehalten haben, fahren die beiden mit ihrem alten Mercedes auf der Straße an ihnen vorbei und der Beifahrer winkt ihnen spöttisch grinsend aus dem Auto zu. Sie sind kurz nach 13 Uhr oben am Katara Pass, genießen noch ein wenig die Aussicht und rauchen eine Papastratos, dann fahren sie weiter den Pass wieder hinunter Richtung Kalambaka und halten in einem kleinen Ort vor einer Taverne neben der Straße, irgendwo kurz vor Kalambaka, um Mittag zu essen. Sie bestellen sich jeder eine Portion Souvlaki, das sind hier 10 Fleischspieße mit Brot, und ein Bier. Erstaunlicherweise gibt es hier kein Amstel sondern Löwenbräu. Die Souvlaki sind schön durchgegrillt und der Wirt bringt noch Zitronenstücke zum drüber träufeln, da schmecken sie noch besser. Der Wirt ist ein freundlicher neugieriger Mensch, fragt wo Emil und Claudia hinwollen, und erzählt das eben erst zwei „Russkis", so nennt er sie, mit einem alten Mercedes weitergefahren sind. Sie hätten auch Souvlaki gegessen. Und hätten immer so hin und her geschaut so als ob sie auf etwas oder jemanden warten würden. Emil und Claudia bedanken sich für das gute Essen, bezahlen, jeder 4 Euro, das ist wirklich nicht teuer, da gibt man doch gerne noch vier Euro Trinkgeld. Und dann fahren sie weiter zu den Meteora Klöstern. Von der Taverne sind es nur noch 20 Kilometer. Als sie auf dem großen

Parkplatz vor den Meteora Klöstern, die alle eindrucksvoll auf einzelnen Felsen liegen, ankommen, ist es kurz nach 16 Uhr. Sie liegen gut in der Zeit. Sie nehmen ihre Rucksäcke mit und gehen vom Parkplatz zum nächstgelegenen Kloster das man über eine Steinbrücke betreten und auch besichtigen kann. Sie zahlen einen kleinen Obolus Eintritt und können sich dann auch in der Klosterkirche umschauen. Claudia interessiert sich für alte Ikonen. Und davon hängen etliche an den Wänden. Emil wartet draußen im Klosterhof und schaut ob sich die „Russkis" irgendwo blicken lassen, aber die haben offenbar nicht damit gerechnet das Claudia und Emil noch nach Meteora abbiegen und sind über Kalambaka weiter Richtung Larissa gefahren. „Die sind wir erst einmal los", denkt sich der Emil. Nachdem Claudia sich überall im Kloster umgeschaut hat, inzwischen ist es 17 Uhr 30, gehen sie zum Roller zurück und starten Richtung Kalambaka und von dort fahren sie weiter ins zirka 70 Kilometer entfernte Larissa. Sie legen unterwegs noch zwei kleine Zigarettenpausen ein und verlassen Larissa Richtung Volos zirka 19 Uhr. Bis in den Hafenbereich von Volos sind es jetzt noch etwa eine Stunde Fahrzeit. Die „Russkis" sind unterwegs nicht wieder aufgetaucht und sie finden auf Anhieb in Volos ein schönes kleines zwei Sterne Hotel in der zweiten Reihe in Hafennähe, in einem kleinen Nebensträßchen, sehr zentral in alle Richtungen von Volos gelegen, insbesondere nicht weit zu dem Viertel in dem sich die Puffs und die Unterweltkneipen befinden sollen. Den Roller können sie in einem Hauseingang neben dem Hotel abstellen. An der Rezeption des Hotels steht eine dicke ältere Frau die ihnen die Zimmer zeigt. Die Zimmer sind sauber und ordentlich. Auch die Dusche passt. Frühstück gibt es von 7-9 Uhr in einem kleinen Raum neben der Rezeption. Emil und Claudia machen sich etwas frisch und dann ziehen sie los auf der Suche nach einem schönen kleinen Restaurant in dem es auch frischen Fisch gibt. Ganz in der Nähe ihres Hotels werden sie fündig. Das kleine Restaurant hat nur 4 kleine Tische draußen stehen und drinnen ist es ein relativ schmaler langgezogener Schlauch, die Küche liegt gleich hinter der Theke. Der Wirt und die Köchin, offenbar seine Frau, begrüßen sie freundlich, drinnen sitzen schon etliche Gäste, und erläutern ihnen die Speisekarte, die auf einer großen Tafel mit Kreide geschrieben an der Wand hängt. Es gibt mehrere Fischgerichte und Claudia und Emil entscheiden sich für eine große Fischplatte für 2 Personen mit Beilagen und Dessert mit griechischem Kaffee als Nachtisch. Zum Essen bestellen sie eine große Karaffe gekühlten griechischen Weißwein. Sie sitzen draußen, da stehen Aschenbecher und sie können erst einmal in aller Ruhe und ganz entspannt genüsslich eine Papastratos rauchen. Als Vorspeise zum Fischmenü bringt der Wirt kleine Tellerchen mit kalten Meeresfrüchten, kleine Stücke vom

Oktopus usw., Weißbrot und für beide je einen kleinen Glaskolben mit Tsipouro, selbstgebranntem Schnaps, der in der Region Pilion hergestellt wird und auch in Volos ein beliebtes Getränk ist, sagt der Wirt. Man trinkt den gekühlten Schnaps aus dem kleinen Glaskolben.

Als die Fischplatte kommt gehen Claudia fast die Augen über. „Das ist ja eine riesige Fischplatte. Wer soll denn das alles essen. Und dann noch die ganzen Beilagen. Das sind mit Beilagen ja zwei große Platten. Aber ich bin ja froh das ich endlich mal wieder schönen Fisch essen kann. Den gab es ja in Agios Ioannis nie. Dann sage ich mal Prost auf die schöne Fischplatte."

„Prost Claudia. Lass es dir schmecken."

Als nach der Fischplatte noch der Nachtisch, ein Karamell Törtchen, kommt, sind beide schon mehr als gesättigt, aber sie genießen auch noch das leckere Karamell Törtchen, und dann bringt der Wirt, als sie bezahlt haben, 50 Euro für alles, ein fairer Preis, noch einmal zwei kleine Glaskolben Tsipouro und für sich selbst auch einen und sie prosten sich zu und sind sehr zufrieden. Dann rauchen sie noch eine Papastratos bevor sie gehen um sich danach ins Abenteuer zu stürzen.

Sie brauchen nur wenige Straßen weiter zu gehen und schon sind sie im Rotlichtviertel von Volos. Ein Hauch von Unheimlichkeit und neugierigem Reiz schwebt über dieser Gegend. Die „leichten" Mädchen stehen teilweise vor den Hauseingängen, und Emil und Claudia werden von ihnen mit argwöhnischen Blicken von oben bis unten gemustert, sie sagen aber nichts. Schon bald finden Claudia und Emil ein Lokal vor dem ein dicker einäugiger Türsteher mit einer Augenklappe den Eingang bewacht. Sie gehen auf den eindrucksvollen Mann zu und Claudia fragt ihn in perfektem Griechisch ob sie hereindürfen. Sie seien Journalisten und würden einen Bericht über Volos schreiben. Der Mann schaut den Emil an, dann lacht er laut, und sagt auf Griechisch sie könnten eintreten. Emil ist etwas verdutzt weil der Mann über ihn so laut gelacht hat, sagt aber nichts. Im Lokal schwebt eine große Qualm Wolke unter der Decke, hinter der riesigen langgezogenen Theke befindet sich eine offene Küche und auf den Herden stehen große Töpfe aus denen es kräftig herausdampft, im Lokal scheint fast jeder zu rauchen. Die Theke und die vielen Tische sind nahezu voll besetzt und wenn man die Leute und das gesamte Ambiente in diesem Lokal betrachtet fühlt man sich augenblicklich in eines der Gemälde von Otto Dix versetzt. Claudia hat zwei freie Barhocker an der Theke ausgemacht und zieht den emil hinter sich her. Hier wird kräftig Tsipouro getrunken, davon zeugen die vielen kleinen Glaskolben auf der Theke. Claudia bestellt bei dem an beiden Armen tätowierten kräftigen Mann hinter der Theke, hinter ihm schwirrt noch ein schmächtiger Koch mit Kochmütze und weißer, na ja hellgrauer, fleckiger

Kochschürze an den Herden hin und her, zwei Bier. Es ist gut dass Claudia akzentfrei Griechisch spricht, das macht hier, das kann man an den Blicken der Leute erkennen, einen guten Eindruck. Der Wirt stellt zum Bier auch gleich einen Aschenbecher hin, hier gibt es Bier vom Fass in einem 0,4 Liter Bierkrug, vermutlich Löwenbräu, nach der beleuchteten Werbung über der Theke zu urteilen.

Neben Claudia sitzen zwei auffällig gekleidete ältere Männer an der Theke. Sie tragen beide ein kurzärmeliges buntes Hawaii Hemd, kurze Hosen, Söckchen und gut polierte Markenlederschuhe. Einer, der kleinere von beiden, hat einen blauen Jeanstopfhut auf dem Kopf, er hat eine Glatze, wie sich später herausstellt. Die Männer beginnen ein Gespräch mit Claudia, den Emil ignorieren sie anfangs noch etwas, das wird sich aber noch ändern. Beide Männer sprechen, mit Akzent, ganz gut Deutsch.

„Hello, ich bin da Howard, genennt „Howie" from Denver Colorado, und das Mann nebe mir is John from Australia. Und wo kommen ihr her?"

„Aus Deutschland", antwortet der Emil. „Wir sind Journalisten und wollen eine Reportage über Volos schreiben."

Die Claudia lächelt und nickt zustimmend.

„Was machen eine schöne Frau wie sie in so eine Spelunke. Hier sind doch nur Männer von die Unterwelt."

Howard ist ein kräftiger großer Mann und John ist kleiner und wirkt gegen Howard eher schmächtig. John ist an beiden Armen tätowiert und hat sichtbare Zahnlücken, während Howard ein strahlend weißes gepflegtes vollständiges Gebiss hat.

„Wie der Emil, also das ist der Emil und ich bin die Claudia, also wie der Emil schon gesagt hat, wir sind zwei Journalisten aus Deutschland und wollen über Volos einen Bericht schreiben."

„Und was für eine Bericht soll das werde. Wollt ihr über das Unterwelt von Volos schreibe", fragt jetzt John.

„Nein, eigentlich weniger. Aber das gehört doch auch irgendwie dazu", entgegnet Emil.

„Hier sitze mindestens mehrere Tausend Jahre Gefängnis in diese Bar. Alle nur Verbrecher, Zuhälter und so. Wir sind beide eine Handler. Wir handele mit die Weapons. Die schicke wir hier auf die Schiff, mache vorher mit die Jungs die Business, und dann verlade wir hier auf die Zementschiffe nach der Syria und da wirte dann in irgendeine Hafe abgeholt. Jetzt mal ganz ehrlich. Was sucht ihr wirklich hier?", fragt der Howie.

Und dann rutsch es der Claudia raus. „Wir suchen böse Männer die Frauen verschwinden lassen, Howie."

Howie und John machen nach dieser Aussage ein sehr nachdenkliches Gesicht. Sie trinken beide Whiskey und rauchen Zigarren. Sie erheben wortlos ihre Gläser und prosten Emil und Claudia zu. Dann spricht Howie eine Einladung aus. „Ich habe hier in die Hafe eine kleine Fischkutter. Mit der fahre wir immer zu die Schiffe wenn wir mache die Business mit die Weapon. Die liege meist weit drauße in die Bucht von Volos. Wenn ihr habe Lust könne wir morge mit die Fischkutter nach die kleine Insel Trikeri an das Südspitze von Pileo fahre. Da hat eine interessante Mann eine Haus in Hafe. He is eine Schriftesteller. Eine Grieche. Diese Mann kennt sich sehr gut aus mit die Unterwelt in die Volos."

„Danke, gerne!", sagen Claudia und Emil fast gleichzeitig. Howard erklärt ihnen dann genau wo der Fischkutter im Hafen liegt. Und sie verabreden sich für halb neun am nächsten Tag am Fischkutter.

In diesem Moment kommen zwei kräftige Männer zu Howie und John an die Theke. Beide sind an beiden Armen tätowiert und tragen schwarze T-Shirts, Jeans und schwarze Lederschuhe. Howie stellt die beiden als Vassili und Jago vor. „Vassili ist die etwas größere von die beide. Vassili ist eine Girls Handler. Und die Jago ist eine serbische Kriegsveteran aus die Balkankrieg. Jago ist eine absolute Schusswaffe Expert und gute Mann für die Verschwinde von Leute. Wenn du willste deine Ehefrau oder deine Opa loswerde muss du die Jago frage. Die machte solche Sache absolute diskret. Leute finde man nie mehr wieder."

„Hallo, I am Vassili."

„Hallo, I am Jago from the nice Serbia. We are good friends with Howie and John."

Vassili und Jago trinken auch Whiskey und Howie bietet ihnen eine Zigarre an die sie gerne rauchen.

Der Abend wird noch lang und alle reden über frühere Erlebnisse und erzählen die wildesten Geschichten. Emil und Claudia trinken noch viele Bier und viele Tsipouro und als sie gehen wollen bezahlt Howard ihre Rechnung. Claudia und Emil bedanken sich ausgiebig und verabschieden sich bei den vier. Dann verlassen sie die Spelunke Richtung Hotel. Sie schauen sich auf dem Weg zum Hotel immer wieder um, aber sie werden nicht verfolgt.

6

Die Nacht ist kurz aber sie können doch noch einige Stunden schlafen und gegen sieben Uhr dreißig sitzen Claudia und Emil beim Frühstück. Sie sind etwas zerknittert und das Frühstück haut einen auch nicht gerade vom Hocker aber es gibt auch ein Ei und einen Orangensaft aus der Dose, die konnte Emil sehen als der Orangensaft in die Karaffe gefüllt wurde, und der griechische Kaffee ist auch schön stark.

Nach dem Frühstück gehen sie zum Hafen und machen sich auf die Suche nach dem Fischkutter. Sie werden am Ende der Hafenpromenade fündig. Howie und John stehen vor dem Kutter und erwarten sie schon. Sie haben ihren griechischen Freund auf Trikeri schon angerufen und über ihr Kommen informiert. Fischkutter ist allerdings stark untertrieben. Es handelt sich um ein großes Schnellboot mit Kajüten. Howard und John bitten die beiden an Bord und dann startet Howie den Motor und sagt, dass das Boot einen sehr leistungsstarken Motor hat der das Schiff auf offener See auf bis zu einer Geschwindigkeit von 30 Knoten, das sind über 50 Stundenkilometer, beschleunigt. Howie rechnet bis zur Insel Trikeri mit einer Fahrzeit von etwas über eineinhalb Stunden.

Dann verlässt das Boot den Hafen von Volos und kaum haben sie den Hafen verlassen beschleunigt Howie das Boot. Das Schiff hebt sich vorne leicht aus dem Wasser und rauscht mit Vollgas vor der Halbinsel Pilion entlang Richtung Süden. Die See ist absolut ruhig und Howie steuert das Schiff professionell seinem Ziel entgegen. John holt für alle auf einem Tablett Gläser mit Whiskey und Zigarren von unter Deck und stellt das Tablett neben Howie auf einem kleinen am Boden montierten runden Tischchen ab. Howie bittet alle zuzugreifen und dann prosten sie sich auf die schöne Bootstour mehrmals zu. Der Whiskey gehört zur absoluten Spitzenklasse, soviel schmeckt der Emil sofort heraus. Claudia scheint zwar nicht so der Whiskey Fan zu sein, sie verzieht beim Trinken ein wenig ihr Gesicht, aber sie trinkt ihn, höflichkeitshalber, trotzdem. Sie unterhalten sich während der Fahrt noch ausgiebig über den gestrigen Abend und dann erklärt Howie auch noch warum er quer über den Schädel eine relativ frische genähte Narbe hat, er wäre nämlich kurz vor seinem letzten Flug nach Athen in der Flughafentiefgarage am Flughafen Denver von zwei Farbigen überfallen und ausgeraubt worden und einer hätte ihm mit der Pistole auf den Schädel geschlagen, er war danach aber nicht bewusstlos und konnte noch selbst mit dem Auto zum Krankenhaus fahren, wo die Wunde genäht wurde. Dadurch hatte er natürlich seinen Flug verpasst und konnte erst am nächsten Tag nach

Athen fliegen. Dem einen Farbigen hätte er noch kräftig ins Gesicht geschlagen, erzählt Howie, da seien die Farbigen dann sofort geflüchtet.

Howie hat die Geschwindigkeit schon seit geraumer Zeit deutlich vermindert. Sie nähern sich langsam der Insel Trikeri und in diesem Gebiet sind unter der Wasseroberfläche immer wieder vereinzelt Felsen. Gegen halb 11 laufen sie in den kleinen Hafen von Trikeri, Palaio Trikeri, ein. Der griechische Freund von Howard und John steht schon am Kai und wartet. Als sie angelegt haben begrüßt er sie ausgiebig auf Griechisch, spricht dann aber weiter Deutsch als er von Howie erfährt dass die beiden Gäste Deutsche sind. „Hallo meine deutsche Freunde. Ich bin der Janni. Komme sie mit in meine bescheidene Fischerhaus. Haus liegt direkt da vorne in Hafen. Ich habe eine kleine Imbiss vorbereitet. Es gibt auch selbst gebrannte Tsipouro von diese Insel. Gibt es zwei gute Brenner hier."

Das Haus ist innen sehr geräumig und stilvoll renoviert. Die Einrichtung ist gehoben. Im unteren Raum befindet sich eine noble offene Küche und daneben gleich ein riesiger Wohnraum. An den Wänden sind Regalbretter angebracht mit unzähligen Büchern. Überall stehen Holzskulpturen, von denen Janni sagt sie seien alle aus Afrika, er habe sie von seinen verschiedenen Reisen mitgebracht.

„Greifen sie zu. Esse sie und trinke sie Tsipouro dazu. Nachschütte müsse sie sich immer aus die große Flasche die auf die Tische steht. Sie sind beide Journaliste hat mir Howie an die Telefon erzählt. Ist das richtig?"

„Nicht ganz Janni. Ich bin der Emil und das ist die Claudia. Claudia war früher Lehrerin und ist jetzt Rentnerin. Ich bin Rentner und war früher Journalist, schreibe aber noch ab und zu für meinen früheren Arbeitgeber, eine große Zeitung in Essen. Eigentlich wollte ich einen Reisebericht über Korfu schreiben. Dann sind auf der Insel mehrere Frauenleichen, teils zerstückelt, aufgetaucht. Ich habe früher in Italien für die Zeitung in Essen schon öfter in dubiosen Kriminalfällen erfolgreich recherchiert. Der ermittelnde Kommissar auf Korfu hat mich um Mithilfe gebeten, zumal ich ja auch 2 der Frauenleichen gefunden habe."

„Habe ich dich richtig verstande Emil. Ihr seid nur hier weil ihr Fraueschlächter sucht. Und Verdacht iste, dass Fraueschlächter nich von Korfu sondern von Volos oda die Pileo iste. Richtig?"

„So könnte man das sagen, Janni."

„Und du, Claudia. Du sagste garnix dazu. »

„Ich schließe mich dem Emil an".(auf Griechisch)

„Oh, perfekt. Sprichte sehr gut Griechisch. Ganz gut. Jetzt erst noch mal Yamas und schön dass ihr gekommen seid. Ich bin ja eine Kriminalromanautor. Ich werde euch gleich noch paar schöne Geschichten über Unterwelt von Volos und von Pileo erzählen. Eins kann ich euch schon vorweg sage. Ihr habt euch auf eine sehr sehr gefährliche Reise begeben. Das sind alles absolute Profis und sinte eiskalt. Die schrecke vor keine Mord zurück und Tote wird sofort beseitigt, der findste nie mehr wieder. Das ist euch doch klar oder."

Janni erzählt dann etliche Kriminalgeschichten aus Volos und vom Pilion und Howard und John berichten ihm von der aktuellen Situation in Volos und von den verschiedenen Clans die sich teils heftig bekämpfen und dann sagt Janni etwas Interessantes.

„Die Mann die ihr sucht heißt Igor. Igor ist Tschetschene und eine Kriegsverbrecher. Die Russen konnten ihm aber nichts nachweisen. Aber er ist in Russland eine unerwünschte Person. Deswegen lebt er in Griecheland. Igor hat noch einige Untergebene hier. Aber meist arbeitet er alleine. Ein absoluter Profi. Igor ist eine Spezialist für die unauffällige Entsorgung von Leiche. Er kriegt seine Aufträge von überall her. Vielleicht habe Untergebene Fehler gemacht bei Entsorgung von Fraueleiche auf Korfu. Wer weiß. Igor hat große Haus in Tsangarada. Direkt am Hang. Hausnummer 13. Das ist nicht eure Glückszahl sollte ihr da hinfahre. Hinfahre ist absolut lebensgefährlich."

Es ist schon später Nachmittag und langsam wird es Zeit sich zu verabschieden. Alle bedanken sich bei Janni für die Gastfreundschaft und Howie lässt Janni noch eine gute Flasche Whiskey und eine Kiste Zigarren da. Dann gehen sie zurück zum Schiff und starten den Motor. Die Rückfahrt dauert wieder etwa eineinhalb Stunden und gegen 18 Uhr legen sie wieder an der Hafenmole in Volos an.

Claudia und Emil bedanken sich für die schöne und interessante Tour bei Howard und John und gehen zu ihrem Hotel um sich etwas frisch zu machen. Danach gehen sie zum Abendessen wieder in die gleiche Taverne in der sie gestern waren. Sie werden freudig begrüßt und der Wirt erläutert ihnen wieder die Speisekarte. Sie nehmen heute beide ein Mousakas mit Bauernsalat, und dazu ein Bier. Sie sitzen draußen weil man da rauchen kann. Drinnen sitzen erst wenige Gäste. Nachdem sie gegessen, den obligatorischen Abschiedstsipouro getrunken, und bezahlt haben, gehen sie wieder in die Spelunke. Sie sind beide neugierig wie der heutige Abend dort verlaufen wird, und ob sie überhaupt wieder reingelassen werden. Sie werden von dem dicken Türsteher reingelassen und am Tresen sitzen auch schon wieder Howie und John, trinken Whiskey und rauchen Zigarre. Der Abend wird jäh beendet. Claudia fühlt sich schlecht. Der Kreislauf. Sie bezahlen ihre Biere, verabschieden sich von Howard und John und gehen zurück zum Hotel. Arzt soll der Emil keinen rufen, sagt die Claudia. Sie müsse sich nur ausruhen und mal richtig ausschlafen. Richtig ausschlafen. Das machen sie dann auch.

7

Claudia ist wieder fit. Sie hat gute Laune und wirkt unternehmungslustig. Sie zieht sich eine Jeans, ein T-Shirt und ihre Outdoor Schuhe an. Emil hat sich Turnschuhe angezogen. Falls sie noch klettern oder wandern müssen. Sie packen ihre Rucksäcke und bezahlen nach dem Frühstück um 8 ihr Zimmer. Sie nehmen alles mit. Dann können sie, sollten sie in Tsangarada in Igors Haus Beweismaterial finden, danach, vorausgesetzt sie werden nicht erwischt wenn sie in das Haus einsteigen, mit dem Roller gleich zurück nach Korfu fahren.

Sie steigen auf den Roller, der springt auch sofort an, vollgetankt hatte der Emil bei ihrer Anreise am Ortseingang von Volos, und fahren auf den Pilion Richtung Süden bis nach etwa 20 Kilometern das Schild die Abzweigung Richtung Tsangarada anzeigt. Dann geht es noch einige Zeit durchs Gebirge bis auf die andere, die nordöstliche Seite des Pilion, und nach zirka 50 Kilometern Fahrstrecke von Volos haben sie den Ortseingang von Tsangarada erreicht. Der Ort liegt im Gebirge am Hang und schließt ganz unten mit einem Strand am Meer ab. Sie fahren bis runter zum Meer. Stellen den Roller an einer nicht leicht einzusehenden Stelle hinter einem baufälligen unbewohnten Haus ab und schauen sich dann unten erst einmal die

Hausnummern an. Offenbar reichen die Hausnummern von unten 1 bis zum Hang hoch 13 und höher. Igors Haus dürfte also etwa in der Mitte des Hanges liegen, also vermutlich ein großes altes Pilion Haus, solche Häuser, wie man sehen kann, stehen ja in Tsangarada noch mehrere am Hang.

Sie laufen einen kleinen Trampelpfad zwischen den Häusern immer bergauf bis sie meinen Igors Haus erreicht zu haben. Sie laufen vorsichtig um das große Haus vor dem sie nach etwa 30 Minuten Aufstieg stehen und das hat die Hausnummer 12. Also müsste Igors Haus demnach das große alte Nachbarhaus sein. Und auf dem kleinen Gässchen vor dem Haus steht auch der alte Mercedes von der Fähre nach Igoumenitsa. Bingo. Aber es sind offenbar noch Leute im Haus. Also heißt es sich gut zu verstecken und abzuwarten. Sie verstecken sich hinter hohen Büschen im Garten des Nachbarhauses. Von hier aus können sie den Mercedes gut sehen und haben einen ungestörten Blick auf die Rückseite von Igors Haus. Im Nachbarhaus scheint niemand mehr zu wohnen. Es wirkt leerstehend. Vielleicht ein Wochenendhaus für betuchte Besitzer aus Volos.

Nach etwa 20 Minuten gespanntem Warten tut sich etwas vor Igors Haus. 4 schwarz gekleidete Männer verlassen Igors Haus und gehen zum Mercedes. Einer von ihnen scheint den anderen Kommandos zu geben und die spuren. Offenbar ist Igor, der Kommandierende, auch unter ihnen. Claudia und Emil warten bis die 4 weggefahren sind und dann schleichen sie von der Rückseite zum Haus. Sie vergewissern sich kurz ob auch wirklich niemand mehr in dem Haus ist, und als sie sich sicher sind das niemand mehr drin ist nimmt Emil sein kleines Taschenmesser und öffnet die hintere, besser gesagt, weil das Haus ja am Hang gebaut ist, die unterste hintere Tür. Sie schleichen kurz durch das düstere spärlich eingerichtete Haus. Oben sind mehrere Schlafräume, in der Mitte ist ein großer düsterer Wohnraum und der unterste Teil wird offenbar als Keller bzw. als Verließ genutzt. Das Haus strahlt die Atmosphäre einer mit Leichen vollstehenden Aussegnungshalle aus. Auch der Geruch ist entsprechend. Eine gruftige Friedhofshalle ist dieses modrige Haus. Sie brauchen unten nicht lange suchen. Emil kann mit seinem Taschenmesser einen verschlossenen Raum mit einer rostigen Metalltür öffnen. Hier sind sie richtig. Auf einem stabilen Tisch der wie ein Hackklotz wirkt liegen verschieden große blutverschmierte Messer und ein blutverschmiertes kleines Metzgerbeil, unter dem Tisch liegen verschiedene blutbefleckte Kleidungsstücke. Emil und Claudia haben ihre Rucksäcke dabei. Sie packen ihre Sachen noch etwas komprimierter im Rucksack zusammen, und dann ist darin noch genügend Platz um die Messer, das Beil und einige von den Kleidungsstücken in ihren Rucksäcken mitzunehmen. Emil hat zwei große leere Plastiktüten für gebrauchte Wäsche im Rucksack. Claudia macht mit ihrem Handy Fotos von dem ganzen Raum. Dann nimmt der Emil eines der Kleidungsstücke und fasst damit die Messer und das Beil an und gibt alles in eine Plastiktüte. Die steckt er dann in seinen Rucksack. Einige Kleidungsstücke drückt er dann in der anderen Plastiktüte zusammen so dass sie so viele wie möglich mitnehmen können. Die Kleidungsstücke presst Claudia in ihren Rucksack. Und dann verlassen sie den Raum und das Haus schnell wieder bevor Ede Wolf mit seinen bösen Wölfen zurückkommt. Es ist natürlich keine Freude die Rucksäcke wieder den steilen Hang hinunter zu schleppen, aber unten am Meer wird die Laune gleich besser, und als sie wieder auf ihrem Roller sitzen und aus Tsangarada heraus Richtung Volos knattern ist bei strahlendem wolkenlosen Himmel und dem Duft der großen Kastanienwälder oberhalb von Tsangarada und später der Macchia wieder alles in Ordnung. Die Operation ist ein voller Erfolg und ab Volos geht's dann wieder Richtung Larissa und von da Richtung Kalambaka und dann weiter bis auf den Katara Pass. Sie machen erst hinter dem Katara Pass die erste Pause. Da ist praktischerweise eine Tankstelle mit einer kleinen Taverne verknüpft wo sie nach dem Tanken auch etwas essen können. Der Roller ist wieder vollgetankt und Claudia und Emil rauchen vor der Taverne erst einmal genüsslich eine Papastratos. Sie sind gut voran gekommen. Es ist erst 16 Uhr und sie sind schon fast in Ioannina. Von Ioannina bis Igoumenitsa sind es noch knapp 80

Kilometer. Wenn sie schnell ihre Souvlaki essen könnten sie die Fähre um 18 Uhr von Igoumenitsa nach Korfu noch erwischen und wären dann gegen 19.30 Uhr wieder am Hafen in Korfu Stadt, und dann noch schnell bis Agios Ioannis. Wären sie also gegen 20.00 Uhr wieder auf dem Marktplatz vor Costas Taverna, gerade die richtige Zeit um noch ein Zimmer in Annas Pension zu beziehen und danach genüsslich ein Bier zu trinken und etwas zu Abend zu essen.

Der Plan geht auf. Emil gibt ab der Tankstelle richtig Gas und dann sind sie doch tatsächlich um 17.50 Uhr an der Fähre. Die Ladeklappe ist noch geöffnet und die letzten Autos fahren hinein. Emil gibt Gas und fährt wieder bis ganz hinten auf die Fähre. Da stellen sie ihren Roller ab, lassen ihre Rucksäcke beim Roller stehen, bezahlen beim Kontrolleur, und gehen hoch zur Bar. Erst einmal zwei griechische Kaffee und dann setzen sie sich mit den Kaffee wieder auf eine Bank knapp oberhalb der Wasseroberfläche, trinken ihren Kaffee und rauchen dazu genüsslich eine Papastratos. Die Fähre legt pünktlich um 18.00 Uhr ab, und dann rauscht wieder das Wasser an der Bordwand und die Gischt spritzt hoch, und der Himmel ist blau und die Abendsonne scheint schräg auf die Fähre, und es ist schön warm, und es duftet nach Diesel und nach Meer. Alles ist gut. Claudia strahlt über das ganze Gesicht und Emil ist auch sehr zufrieden. Im Hafen von Korfu Stadt bleiben sie nachdem sie die Fähre verlassen haben noch einige Minuten stehen und rauchen eine Papastratos. Dann fahren sie nach Agios und sind kurz vor 20 Uhr wieder auf dem Marktplatz. Die Tische vor Costas Taverna sind gut besetzt, aber es gibt auch noch 2 freie Plätze für sie. Die jungen Hippies sitzen da und machen schon vor dem Essen Musik. Der Uwe sitzt da mit seinem Bier und wartet aufs Abendessen. Die beiden Motorradfahrer sitzen da, trinken Bier, und warten aufs Abendessen. Die Briten haben an mehreren Tischen Platz genommen, trinken Bier, und warten aufs Abendessen. Und Anna und Nikos begrüßen Emil und Claudia überschwänglich. Auch der alte Costa begrüßt sie. Anna hat natürlich noch ein Zimmer für die beiden. Sie folgen Anna und bringen ihre Rucksäcke aufs Zimmer. Dann gehen sie sofort wieder zurück zu Costas Taverna. Setzen sich mit an die lange Tischreihe, bestellen ein Bier, und rauchen zum Bier genüsslich eine Papastratos. Anna erklärt wieder die Speisekarte und Claudia und Emil essen ein Mousakas mit griechischem Salat. Damit kann man nicht viel verkehrt machen, das schmeckt immer.

Natürlich werden Emil und Claudia von fast allen gefragt, was sie in den Tagen in Volos und auf dem Pilion erlebt haben. Aber sie erzählen nur von ihren Restaurant- und Kneipenbesuchen. Die wirklich wichtigen Dinge behalten sie für sich. Sie wollen am nächsten Tag erst dem Kommissar Mavridis ihre Fundstücke bringen und ihre Erlebnisse schildern, bevor sie andere in ihre Geheimnisse einweihen. Der

Abend vor Costas Taverna wird wieder lustig und feucht-fröhlich. Es wird viel Musik gemacht und es werden wieder viele gute Gespräche geführt.

Der Abend klingt für Claudia und Emil kurz nach Mitternacht aus. Dann gehen sie auf ihr Zimmer. Viele andere bleiben aber noch sitzen.

8

Und jetzt pass auf. Die Claudia hat beim Frühstück den Kommissar Mavridis angerufen. Sie hat ihm gesagt dass sie und der Emil vorbeikommen werden und einige interessante Neuigkeiten aus Volos und vom Pilion und einige Fundstücke mitbringen werden. Sie stecken dann ihre beiden vollen Plastiktüten in Emils Rucksack und fahren zum Kommissar Mavridis nach Korfu Stadt. Der Kommissar erwartet sie schon und bietet ihnen einen griechischen Kaffe an. Er hat im Büro einen Tisch frei gemacht und mit einer Plastikfolie bedeckt. Der Emil entleert die blutverschmierten Messer, das blutverschmierte Beil, und die blutbefleckten Kleidungsstücke aus den Plastiktüten auf den Tisch. Der Kommissar staunt nicht schlecht.

„Wo haben sie das denn alles gefunden?"

„Wir haben einen Tipp von Bekannten in Volos bekommen und sind dann in ein Haus eines gewissen Igor, ein Tschetschene, in Tsangarada eingebrochen. Wir haben den Raum in dem die Sachen waren fotografiert. Claudia, zeig dem Kommissar bitte mal die Bilder. Igor hat noch mehrere Männer die für ihn arbeiten. Offenbar führen diese Männer „Entsorgungsarbeiten" für in Volos ansässige Unterweltgrößen durch. Sie lassen entweder noch lebende Personen oder auch Leichen „verschwinden".“

„Das klingt ja sehr interessant. Welche Hausnummer hat denn das Haus in Tsangarada, Herr Emil?“

„Nummer 13. Eine echte Unglückszahl für die Opfer.“

„Ich lasse diesen Igor und seine Leute sofort zur Fahndung ausschreiben. Ich muss mich nur noch mit meinen Kollegen in Volos abstimmen. Und dann geht's richtig los. Ich hoffe ja innständig dass die Blutspuren mit unseren Leichen übereinstimmen. Das wäre ein voller Erfolg. Ich lasse das sofort im Labor überprüfen. Erst mal ganz herzlichen Dank dass sie ein so hohes Risiko auf sich genommen haben und mir diese Beweismittel gebracht haben. Die Fotos lade ich mir von ihrem Handy jetzt sofort auf meinen Computer. Trinken sie ihren Kaffee bevor er kalt wird. Sie dürfen hier auch rauchen wenn sie möchten. Ich rauche auch.“

Claudia bietet dem Kommissar eine Papastratos an und der holt einen Aschenbecher. Und dann rauchen sie alle Papastratos und trinken Kaffee. Dann hat der Kommissar wieder zu tun und Emil und Claudia verabschieden sich.

„Rufen sie mich morgen früh an. Dann weiß ich schon Näheres. Auf Wiedersehen. Und vielen Dank!“

Claudia und Emil bleiben noch in Korfu Stadt. Sie schlendern ein wenig durch die Altstadt und schauen in das ein oder andere interessante Geschäft. Gegen Mittag sind sie wieder in Agios. Vor Costas Taverna sitzt nur der Uwe und trinkt sein Bier. Nikos ist noch in der Küche und Anna ist in der Taverne. Emil und Claudia bestellen sich auch ein Bier und dann fragen sie was es noch zu essen gibt. „Pastizio", sagt Anna.

„Du auch Emil?"

„Ja gerne, Claudia."

„Dann bring uns bitte noch 2 Pastizio. Wenn´s geht auch zwei griechische Salat mit viel Schafskäse dazu."

„Mache ich", sagt Anna auf Griechisch.

Nach dem Essen und nachdem sie bezahlt haben legen sich Claudia und Emil noch ein wenig hin.

Spätnachmittag sind sie mit ihren Badesachen in Emils Rucksack wieder auf dem Dorfplatz, der Uwe ist inzwischen verschwunden, und fahren zum baden mit dem Roller an den Strand von Ermones. Gegen Abend sind sie wieder zurück. Inzwischen haben auch die jungen Hippies vor Costas Taverna Platz genommen, und der Uwe sitzt mit seinem Bier wieder da, und auch die Motorradfahrer aus Unna sitzen an der langen Tischreihe und trinken Bier. Die Briten haben sich noch nicht blicken lassen.

Der struppige Dorfhund streut auf dem Marktplatz umher und wartet darauf das Nikos ihm aus der Küche etwas Fressbares rauswirft. Das macht der Nikos dann auch. Er wirft ihm einen Lammknochen raus an dem noch etwas Fleisch hängt. Der Hund schnappt sich den Knochen und zieht dankbar von dannen.

So langsam kommen auch die Briten und nehmen an verschiedenen Tischen Platz. Sie bestellen Bier und gleich was zu essen. Sie haben schon in der Küche bei Nikos nachgefragt was es gibt.

Anna erklärt allen dann noch einmal die Speisekarte. Es gibt Lammbraten mit Beilagen, Mousakas, Souvlaki mit Weißbrot, und griechischen Salat. Die jungen Hippies bestellen sich alle Souvlaki mit Weißbrot. Das gleiche bestellen auch die beiden Motorradfahrer aus Unna. Auch der Uwe bestellt Souvlaki. Und etliche Briten bestellen auch Souvlaki. Der Nikos kann in der Küche den Grill also zügig anschmeißen. Claudia und Emil bestellen den Lammbraten mit Beilagen.

Claudia wird immer wieder von fast allen gefragt was sie und der Emil denn auf dem Festland die letzten Tage gemacht haben. Wahrscheinlich denken die Leute dass Claudia eher was ausplaudern könnte als Emil. Aber die Claudia hält dicht und der Emil verrät auch nichts.

Nach dem Essen wird wieder musiziert und kräftig Bier getrunken und mit jedem Bier werden die Gespräche auch immer bierseliger.

Emil und Claudia verabschieden sich schon vor Mitternacht in ihr Zimmer.

9

Claudia hat beim Frühstück, sie sitzen heute erst um
halb neun vor Costas Taverna, den Kommissar
Mavridis angerufen und auch in Emils Auftrag
gefragt wie der Stand der Dinge ist. Der Kommissar
hat dann gleich gesagt sie sollen persönlich
vorbeikommen. Er hätte so viele interessante
Neuigkeiten. Die wolle er nicht am Telefon
verkünden. Also setzen sich der Emil und die
Claudia nach dem Frühstück auf den Roller und
fahren zum Kommissar Mavridis. Der erwartet sie
schon in seinem Büro. Es gibt wieder griechischen
Kaffee und rauchen dürfen sie auch.

„So Herr Emil und Frau Claudia. Es gibt
hervorragende Neuigkeiten. Die DNA Analyse ist
schon da und die hat ergeben dass das Blut an den
Messern, am Beil und an Teilen der Kleidung mit
allen drei Leichen übereinstimmt. So. Der Igor und
seine drei Laufburschen, die heißen übrigens
Gregori, Ivan, und Michail, wurden gestern in
Tsangarada verhaftet und die ganze Nacht verhört.
Die Polizei in Volos gilt als nicht gerade zimperlich.
Jedenfalls haben die mit ihren Methoden aus Ivan
und auch aus Gregori ein Geständnis rausgeholt. Die
beiden Geständnisse wurden unabhängig
voneinander in unterschiedlichen Räumen gemacht.
Heute Morgen. Und beide Geständnisse decken sich

total. Die beiden haben ausgesagt dass sie die drei Leichen nacheinander in einem berüchtigten Sex Club, der Club liegt etwas außerhalb von Volos, Richtung Flughafen, abgeholt haben. Alle drei Frauen waren zu diesem Zeitpunkt schon mausetot. Dann haben sie die Leichen nach Tsangarada ins Haus von Igor gebracht und dort verstümmelt und die verstümmelten Leichen und ihre Leichenteile in einem alten Mercedes nach Korfu gebracht. Der Mercedes wurde sichergestellt. Im Kofferraum wurden Blutspuren entdeckt. Der Club und etliche Bordelle in Volos und Athen gehören einem Unterweltkönig mit Namen Viktor Papadopulos. Gegen ihn und die gesamte Geschäftsleitung des Clubs bei Volos wurde Haftbefehl wegen Mordes und Beihilfe zum Mord erlassen. Die Herrschaften sitzen schon hinter schwedischen Gardinen in Untersuchungshaft. Und noch eine Besonderheit. Der eine von den drei Laufburschen vom Igor, der Ivan, scheint pervers zu sein. Wahrscheinlich im Tschetschenien Krieg geworden. Die waren ja alle im Krieg und Igor war schon damals ihr Kommandant. Ivan soll darauf bestanden haben, dass er die Leichen so verstümmeln darf. So. Damit wäre der Fall Leichen auf Korfu gelöst. Den Rest macht jetzt die Polizei von Volos und die Staatsanwaltschaft von Athen, wegen Viktor Papadopulos, und Volos. Wir müssen nur noch die Beweismittel an die Staatsanwaltschaft in Volos schicken, und natürlich die Leichen und die

Leichenteile. Die werden dort wohl erneut in die Gerichtsmedizin kommen. Und natürlich unsere Ermittlungsunterlagen. Die müssen wir denen auch schicken. Kopien behalten wir hier. Also ich sage nochmals ganz herzlichen Dank, Frau Claudia und Herr Emil, sie sind zwei echte Sherlock Spürnasen. Ganz großer Respekt! Ich wünsche ihnen noch einen schönen Urlaub und einen angenehmen Aufenthalt auf unserer schönen Insel Korfu."

„Wir bedanken uns für den Kaffee und wünschen ihnen für die Zukunft alles Gute", sagt der Emil zum Kommissar und der begleitet die beiden noch hinaus bis zu ihrem Roller. Dann steigen sie auf und knattern wieder zurück nach Agios Ioannis.

Vor Costas Taverna sitzen die jungen Hippies und der Uwe und frühstücken.

Epilog

Claudia und Emil fahren an diesem Tag noch mit dem Roller nach Pelekas. Sie setzen sich vor eine Taverne in der Nähe des Marktplatzes, direkt an der Straße. Claudia meint vielleicht würde die alte Frau nochmal vorbeikommen die ihr aus dem Kaffeesatz gelesen hat. Sie bestellen sich einen griechischen Kaffee und warten. Und tatsächlich. Nachdem sie ihren Kaffee ausgetrunken haben kommt eine alte Frau vom Marktplatz auf sie zugelaufen und setzt sich zu ihnen an den Tisch. Die Frau hat ein zerfurchtes Gesicht aber sie hat viele Lachfalten. Und listige wache rehbraune Augen. Sie trägt einen grauen Rock. Eine gelbe Bluse und eine offenbar selbst gestrickte Weste, schwarze ausgelatschte Lederschuhe. Eine typisch griechische alte Frau aus einem Gebirgsdorf. Vielleicht eine Landwirtin die noch einen Esel und Ziegen hat, viele Olivenbäume bewirtschaftet. Die Frau bleibt einen Moment lang wortlos sitzen. Sie lächelt. Dann fragt die Frau auf Griechisch ob sie Emil und Claudia aus dem Kaffeesatz lesen dürfe und Claudia und Emil nicken zustimmend.

Die Frau fängt mit Emil an. „Sie haben eine Freundin auf Korfu kennengelernt mit der sie auf dem griechischen Festland ein großes Abenteuer erlebt haben. Aber alles ist gut ausgegangen. Sie werden mit ihrer Freundin weiterhin schöne Urlaubstage auf Korfu verbringen. Die Freundschaft bleibt auch nach ihrer Rückreise nach Deutschland bestehen." Das klingt ja ganz gut, denkt der Emil.

Dann liest sie Claudia aus dem Kaffeesatz. „Sie haben auf Korfu einen Mann kennengelernt mit dem sie schon große Abenteuer erlebt haben. Aber alles ist gut ausgegangen. Sie werden mit dem Mann noch viele schöne Urlaubstage verbringen und auch in Deutschland bleibt er ihr Freund." Nicht schlecht, denkt die Claudia.

Danach steht die Frau wortlos auf und geht wieder Richtung Marktplatz. Claudia und Emil rufen ihr noch ein Dankeschön hinterher. Die Frau dreht sich nicht mehr um und läuft wortlos weiter.

Emil und Claudia bleiben noch drei Wochen auf Korfu. Dann fliegen sie gemeinsam zurück nach Düsseldorf. Ihre Freundschaft bleibt auch nach dem Urlaub bestehen und sie besuchen sich regelmäßig. Sie fahren auf Korfu noch oft mit Emils Roller irgendwohin und erleben viele schöne Sachen. Sie sind auch gelegentlich am Mirtiotissa Beach. Die jungen Hippies bleiben auch noch einige Wochen beim Costa in Agios Ioannis. Der Uwe muss zwischenzeitlich ins Krankenhaus nach Korfu Stadt. Nikos bringt ihn hin. Er hat Herzprobleme. Aber nichts Schlimmes. Er wird nach drei Tagen wieder entlassen. Die Motorradfahrer aus Unna bleiben nicht mehr lange in Agios Ioannis. Sie ziehen weiter aufs griechische Festland. Und die Briten. Die machen weiter Urlaub in Agios Ioannis, liegen tagsüber am Swimming Pool, und trinken jeden Abend viel Bier.

© 2021, Lothar Schenk
Herstellung und Verlag: BoD – Books on Demand, Norderstedt
ISBN: 9783754303771